大方
sight

莫罗博士岛

[英] 赫伯特·乔治·威尔斯 著

陈胤全 译

中信出版集团 | 北京

目 录
CONTENTS

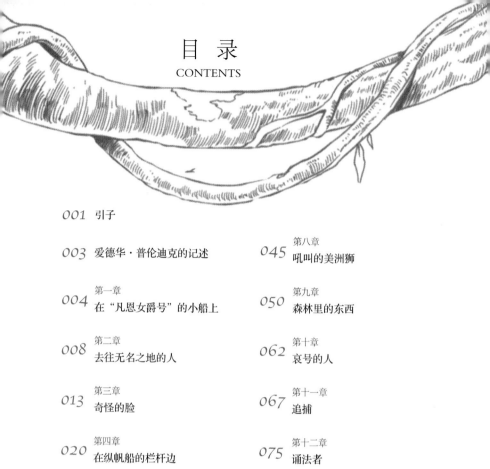

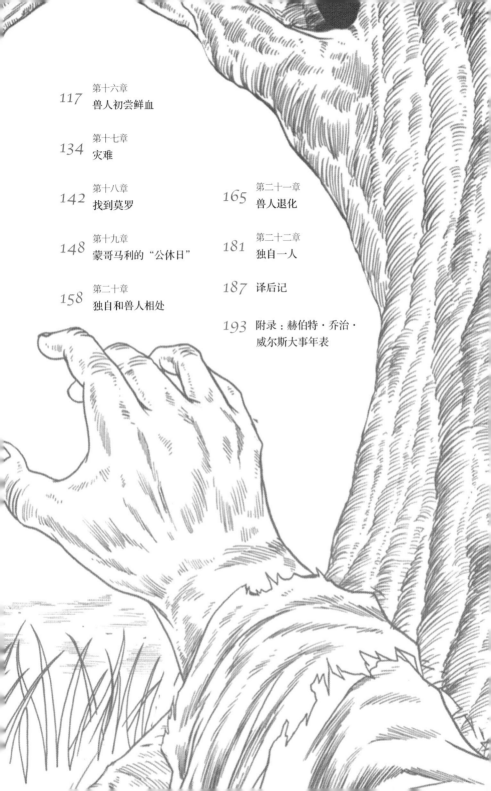

我们饥肠辘辘地在海上漂着，水喝完后，又被难以忍受的口渴折磨。

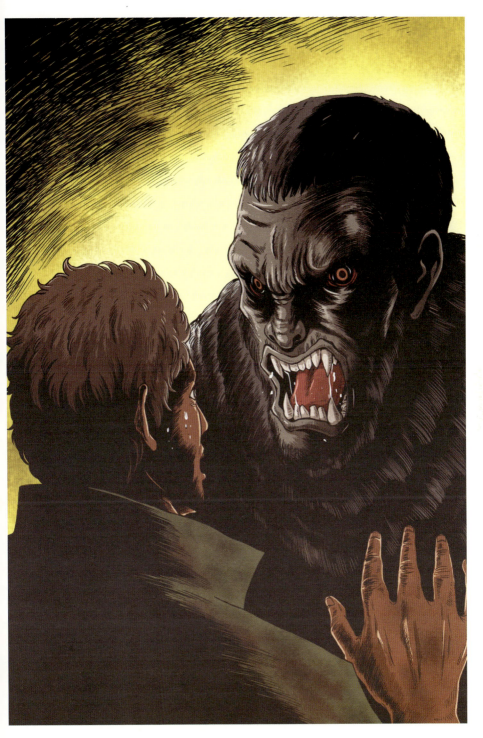

我的记忆里还有一些零碎的印象：一张深色的脸，眼睛大得出奇，凑在我的眼睛前。

他的耳朵是尖的，并且长满了棕色的细毛！

他鬼鬼祟祟地抬起头，正好与我对视。

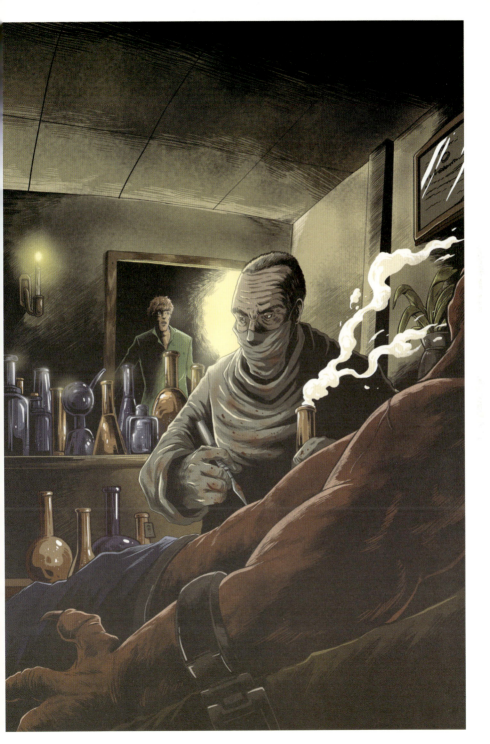

我看见昏暗的阴影里，有只东西被绑在架子上，十分痛苦的样子，伤痕累累。

"抓住他！"那只灰脸的动物出现在我身后，将庞大的身躯往石缝里挤。

"停！"莫罗用坚定、响亮的声音说。兽人们坐回后腿上，停下了顶礼膜拜的姿势，得以喘口气。

我一整天都注视着，什么也没吃，什么也没喝，头晕目眩。

"真是蠢啊你，普伦迪克！"莫罗说，"我想留它活口的！"

《莫罗博士岛》1896 年　初版封面

First edition cover of *The Island of Dr. Moreau*
by H. G. Wells（Heinemann, 1896）

本书根据

Heinemann 出版社

1896 年版 *THE ISLAND OF DR. MOREAU* 译出

引子

    1887 年 2 月 1 日，在南纬 1 度、西经 107 度附近，"凡恩女爵号"与一艘弃船相撞后失联了。

    1888 年 1 月 5 日，也就是十一个月零四天后，我的叔叔爱德华·普伦迪克在南纬 5 度 3 分、西经 101 度被搭救。

    我的叔叔是一名低调的绅士，他的确在卡亚俄[1]登上了"凡恩女爵号"。事故发生后，大家都以为他已葬身大海。被搭救时，他正随一艘小船漂流，虽然小船的名字难以辨读，人们却认出它属于失踪的纵帆船"吐根号"。他讲述的经历太过离奇，人们都觉得他精神错乱了。后来，他又声称，从"凡恩女爵号"逃生后，他的记忆完全是一片空白。此事引起了心理学界的广泛讨论，被认为是一种由生理和心理压力引发失忆的罕见病例。

---

1. 卡亚俄（Callao），秘鲁港口。——译者注，下同。标有"原文注"除外。

后文的记述，来自有他落款的手稿。我，也就是他的侄子、继承人，发现了这些手稿，但当中并没有提及想要发表的意愿。

在我叔叔获救的区域，只有一座无人居住的小火山岛，名叫"贵族岛"。1891 年，"皇家蝎子号"在那里靠岸，一群水手上岸，没有发现任何居民，只看到一些奇异的白蛾、几只野猪和兔子，还有一些形态非常奇特的老鼠。由此说来，本文最核心的部分，其实缺乏重要的细节来佐证。既然说明了这一点，将这样离奇的故事公之于众似乎也无妨。况且，我的叔叔既然已经写下了这段经历，我想他也不会反对。

话虽如此，本文倒有一些确凿的事实：我的叔叔在南纬 5 度、东经 105 度失去意识，十一个月后，又重新出现在了大洋的同一处地方。这期间，他必定采用某种方式生存了下来。1887 年 1 月，酒鬼约翰·戴维斯掌舵的"吐根号"从非洲起航时，的确带上了一只美洲狮和其他几只动物。南太平洋的几大港口有不少人知道这艘船。1887 年 12 月，轮船从贝纳出发，这个日期和我叔叔的记述完全一致，但在这之后，轮船的行踪便无人知晓，它满载干椰子，消失在了茫茫大海之中。

查尔斯·爱德华·普伦迪克

爱德华·普伦迪克的记述

The Story Written
by Edward Prendick

第一章

在"凡恩女爵号"的小船上

关于"凡恩女爵号"失踪一事，我无意赘述。众所周知，这艘船在驶出卡亚俄十天后，与一艘弃船相撞。十八天后，载着七名船员的长艇[1]被炮舰"桃金娘号"搭救。他们的悲惨经历，与更为惨烈的"美杜莎号"海难[2]一样家喻户晓。但我要讲述的故事同样恐怖，甚至更为离奇，这件事在"凡恩女爵号"公开的种种记述中并没有提到过。迄今为止，人们以为另一艘小船上的四个人都已遇难，其实不然。我敢如此断言，是因为我有最有力的证据：我便是那四个人之一。

---

1. 长艇（longboat），亦译作小轮，通常是大船最大的子船。
2. "美杜莎号"是法国拿破仑时代的军舰，1816年在非洲西海岸触礁沉没。一百多名船员靠简易的木筏在海上漂流，最后只有十几人生还。

但首先，我要澄清一点，小船里从来都没有四个人，只有三个。"船长目睹跃入船中"[1]的康斯坦斯其实没能上船。那是他的不幸，却是我们的幸运。船首的桅杆折断，支索将他缠住了。当他正要挣脱出来的时候，一根细绳缠住了他的脚后跟。他头朝下倒挂了一会儿，掉了下来，撞上了漂在水中的滑轮或是一截桅杆。我们朝他划去，可他再也没有露出水面。

他没能上船，真是我们的幸运。甚至可以说，他也是幸运的。因为警报来得太突然，我们对灾难毫无准备——小船上只有一小桶水和一些泡烂的饼干。本来我们以为长艇上的物资更为充足（但似乎也没有多少），所以我们努力向他们呼救，可他们不可能听得见。第二天过了正午，细雨才散去，长艇已不见踪影。小船一直颠簸，我们没法站起来观察周围。船上另外两人，一个叫海尔默，跟我一样是乘客；另一个是水手，名字我叫不出来，说话结巴，个子不高但十分结实。

我们饥肠辘辘地在海上漂着，水喝完后，又被难以忍受的口渴折磨，一共熬过了八天。从第二天开始，海就渐渐安宁，像镜子一般平静。一个普通的读者无法想象那八

1.《每日新闻》，1887年3月17日。（原文注）

天，因为他的记忆中没有可以借以想象的画面，这是多么幸运。过了一天，我们就很少交谈了，只是躺在小船里，盯着，或者说是无力地望着地平线，眼睛越来越大，眼神越来越憔悴。痛苦和虚弱蚕食着我们。

阳光日益无情。第四天，水喝完了，我们已经冒出了一些奇怪的想法，却只能用眼神去表达。应该是第六天吧，海尔默才开口说了我们都在想的事情。我记得我们的声音沙哑微弱，只能弓起身子，凑近一点，尽量少说几个字。我竭力反对他的提议，恨不得弄沉船只，给跟了一路的鲨鱼填肚子。可海尔默说，如果大家都同意他的提议，我们就会有喝的了。最后，水手同意了。

我无论如何都不肯抽签。晚上，水手一直在跟海尔默窃窃私语。我坐在船头，手里攥着折叠刀，但我也怀疑自己是否有勇气跟他们拼命。第二天早上，我同意了海尔默的提议。我们掏出一枚半便士硬币，来决定谁将做出牺牲。水手中签，可他是我们当中最强壮的，所以他临时变卦，突然伸出双手袭击了海尔默。两人扭打在一起，几乎站了起来。我贴着船爬过去，想抓住水手的一条腿来帮海尔默一把。但船摇摇晃晃，水手一个趔趄，两人一起摔在了船沿上，跌入水中，像石头一样沉了下去。

我记得自己一边大笑，一边又在想为什么会笑。笑意似乎是一个外来的东西，将我占领。

我在一块横座板上，不知道躺了多久。但凡我有一丝力气，都会去喝海水，让自己发疯后一死了之。尽管我躺着，还是能看见天边有一方帆影迎面而来。但我没有丝毫兴奋，仿佛只是在观赏一幅画。那时我的心思必然已经涣散，可我仍然清清楚楚地记得发生的一切。我记得，我的头是如何随着海浪颠簸的，托着帆影的天际线又是如何上下浮动的；但我同样清楚地记得，当时的我确信自己已经死了，还在想，救命的人差了这么点时间，没赶上，真是好笑。

我躺在船头，望着帆船（那是一艘小船，风帆前后纵向安置）从海中浮现，越来越近，好像永远会这样下去。帆船逆风驶来，调向的幅度很大。我根本没有想要吸引帆船注意的念头，在看见了船舷之后，就什么也不记得了。等我恢复了意识后，发现自己躺在船尾的小舱里。我模模糊糊地记得自己被抬上舷梯。高处的舷墙上，一张满是雀斑的大红脸盯着我，脸周围环绕着红色头发和络腮胡。我的记忆里还有一些零碎的印象：一张深色的脸，眼睛大得出奇，凑在我的眼睛前。我起初以为那只是噩梦，直到我后来再次遇见那张脸。我记得，好像唇齿间被灌进了什么东西。除此之外，我什么也不记得了。

第二章

去往无名之地的人

我醒来后，发现自己在一个又小又脏的船舱里。一个年轻的男子坐在我身边，抓着我的手腕。他有亚麻色的头发，浅黄色的胡子又短又硬，下唇往下垂着。我们盯着对方看了一分钟，一句话也没说。他的眼睛是浅灰色的，空洞无神，很是奇怪。忽然，头顶传来一声似乎是铁床架被撞翻的声音，还有某种大型动物愤怒的低吼。这时，男子开口说话了。他把问题重复了一遍："你感觉怎么样了？"

我好像说感觉还行。我完全记不起自己是怎么到那儿的。他一定是从我的神情中猜出了我想问什么，因为我的声音小得连自己也听不见。

"我们把你从一艘小船里救上来了，你就快饿死了。小船名字是'凡恩女爵号'。船沿上有些血迹。"

这时我看到了自己的手，枯瘦得像一只肮脏的皮手袋，里面塞满了骨头。小船上发生的事，忽然涌回了脑海。

"喝点这个吧。"他说着，递给我一杯猩红色的冰饮料。

味道像血。喝完后我有了一些力气。

"是你运气好，"他说，"被一艘有医生的船救了。"他说话时嘴里像含着水，口齿不是很清晰。

"这是什么船？"我一字一字地问道，因为很久没说话，声音嘶哑。

"小商船，从阿里卡[1]、卡亚俄来。我没问过这艘船最初从哪儿起航，我猜是个出蠢货的地方吧。我只是个乘客，从阿里卡登船。愚蠢的船主，也是船长，名叫戴维斯，他好像丢了许可证之类的东西。你知道这种人的。有那么多该死的名字给他挑，他居然叫这艘船'吐根号'。话说回来，在没有风只能随海浪颠簸的时候，这船还真是挺催吐的。"

（头顶上又传来一阵骚动，动物龇牙咧嘴的咆哮声和人的声音交杂在一起。然后有人叫另一个人"蠢货"，让他快住手。）

"你差点就死了，"跟我聊天的人说，"真的就差那么一点。不过我已经给你用了点药了。手臂有没有感到酸痛？

---

1. 阿里卡（Arica），智利北部港口。

刚刚我给你打了一针。你失去意识快三十个小时了。"

我吃力地想着。（很多只狗的大叫声让我走了神。）"我能吃固体的食物吗？"我问。

"你该感谢我，"他说，"我甚至还煮了羊肉。"

"好，"我安心了一些，"我应该可以吃点羊肉。"

"但是，"他说，迟疑了片刻，"你知道，我非常想听你说一说，你是怎么会一个人随着小船漂流的。啊，吵死了这叫声！"我好像在他的眼睛里看到了一丝怀疑。

他突然走出了船舱。我听见他跟某个人吵得很凶，在我听来，另一个人说的都是些胡话。争辩似乎在拳脚中结束了，但我想也可能是我听错了。然后他朝着狗喊了几声，回到了船舱里。

"嗯？"他站在舱门边说，"你刚刚好像正要跟我说你的故事。"

我告诉他我的名字是爱德华·普伦迪克，我讲了我如何喜欢上博物学，从而摆脱了财富自由后悠闲却无聊的生活。

他对此好像很感兴趣。"我也搞过一点科学。我在伦敦大学学院念过生物学，取蚯蚓的卵巢、蜗牛的舌齿之类的，都做过。天啊！那已经是十年前了。你说！你接着说！跟我说说船的事情。"

看得出来，他对我的坦诚很满意。但因为实在没有力气，我尽量长话短说。我讲完的时候，他很快把话题转回到博物学上，以及他自己做过的生物研究。他又开始追问托特纳姆宫路和高尔街[1]的近况。"凯普拉齐人还是那么多吗？真是个大商店啊！"他显然只是个普通的医学生。然后他又毫不客气地把话题岔到了伦敦的音乐厅，跟我说了一些轶事。

"后来就跟这一切告别了，"他说，"十年前。那时候真开心啊！但确实也是个傻不拉几的毛头小子，二十一岁之前总游手好闲。我猜如今一切都变了……我得去看看那个厨子了，去看看你的羊肉做得怎么样了。"

忽然，头顶又响起了号叫声，突如其来，是那么凶残、愤怒，我被吓了一跳。"那是什么？"我在他背后问道，但门已经关上了。他再次回到船舱里的时候，带着煮好的羊肉，诱人的香味让我精神了不少，我暂时忘了那令我心烦的野兽叫声。

我吃完了睡，睡醒了吃，就这样过了一天，已经恢复到有力气从床铺走到船舱的窗边，看碧绿的海水追着我们。我判断船应是顺风而行。我站在窗边时，蒙哥马利——就

---

1. 托特纳姆宫路和高尔街（Tottenham Court Road and Gower Street），都为伦敦的街道，伦敦大学学院的建筑多坐落于此。

是那个亚麻色头发的男子——又进来了。我在小船里穿的衣服已经被丢下了海，所以问他要了一些衣物，他借给我几件他自己的麻布衣服。他体格更大，四肢更长，衣服穿起来也就更宽松。他跟我说，船长已经在舱里醉得东倒西歪。我一边穿衣服，一边问他这艘船会开去哪儿。他说终点是夏威夷，但途中会停一下，让他下船。

"那你在哪儿下？"我说。

"一座岛，我住在那儿。就我所知，那岛还没有名字。"

他盯着我，下嘴唇耷拉着。他忽然装傻，让我意识到他有意在回避我的问题，于是我不再多问了。

第三章

奇怪的脸

我们走出船舱后，有一个人站在舱梯上，挡在我们前面。他背对我们，头探出舱门的围板向外张望。可以看出他身体有些畸形，个矮体宽，姿态笨拙又驼背，脖子上毛发旺盛，头缩在肩膀里，身着深蓝色的哔叽布[1]，黑色的毛发浓密、粗硬。我听见那只仍未谋面的狗叫得很凶，使他缩着身子退了下来。我伸出手挡了一下，他碰到了我的手，像动物一样敏捷地转过身来。

那黑色的脸庞忽然与我打了个照面，我大吃一惊，却说不清具体是为什么。那张脸完全是畸形的，突出来的部分让人隐约联想到是鼻子和嘴。半张着的大嘴露出一口大白牙，我从未在人的嘴巴里见过这样的牙齿。他的双眼四

---

1. 哔叽布（serge），一种质地厚而软的斜纹布料。

周充血，淡褐色的瞳孔周围有一圈几乎看不见的眼白。整张脸焕发出奇怪的兴奋。

"该死！"蒙哥马利说，"快他妈让开！"

黑脸人跳到一边，一句话也没说。我一边走上舱梯，一边下意识地盯着他看。蒙哥马利在舱梯底下站了一会儿。"你知道，这里没你的事，"他说，"你的位置在前面。"

黑脸人畏缩着。"他们……不让我去前面。"他慢慢地说，声音有一种古怪而沙哑的质地。

"不让你去前面！"蒙哥马利恶狠狠地说，"可我叫你去！"他正要说什么，忽然抬头看了看我，然后跟着我爬上了梯子。

那时我在舱梯中间停了下来，回头望着，还没有从那丑得可怕的黑脸动物带给我的极度震惊中缓过来。我从未见过如此令人反胃、奇特怪诞的脸庞，可是，说起来你可能不信，我同时又有一种完全相反的奇怪感觉——这种令我讶异的面貌与体态，我似乎以前在哪儿见过。后来我想，或许我被抬上船的时候已经见过他了，才觉得面熟，可是我心里的疑惑一分都没有消散。不过我又想，这样奇怪的样貌，如果有谁曾经看见过，怎么可能会忘记在什么场合看见过呢？

跟上来的蒙哥马利将我的注意力拉了回来。我转过头，环视了一下这艘小帆船的平甲板。因为之前听见了那些吵闹声，所以对眼前的景象，我心里多少有了些准备。真的，我从没见过这么脏的甲板。上面丢满了胡萝卜的碎块、绿色的残渣，以及难以形容的污秽。主桅上用链子拴着许多凶恶的猎鹿犬，它们朝我又跳又叫。后桅边上有一只小铁笼，里面塞了一只巨大的美洲狮，笼子实在太小，美洲狮连转身的余地都没有。远一些的右舷墙下，有几只大箱子，装着许多兔子；前边的一只小箱子里，挤着一头结实的美洲驼。猎犬的嘴上套着皮套。甲板上唯一的人类是掌舵的水手，形容瘦削，沉默不语。

打满补丁的后樯纵帆[1]也很脏，被风吹得很满，小船似乎已经高高扬起了所有的帆。天空清朗，太阳在西边的天空中，正落了一半。绵长的海浪迎着轻柔的风，泛着泡沫，和我们一起向前跑。我们经过舵手，来到船尾的栏杆边，看见海水不断在船尾撞出白沫，泡沫追随着船，跳动、消散。我转过头，打量这一整艘肮脏不堪的船。

"这是海上野生动物园吗？"我问。

"看起来还挺像。"蒙哥马利说。

"这些动物是拿来做什么的？当奇珍异宝卖？船长想把

---

1. 后樯纵帆（spankers），主桅后侧较小的纵帆。

它们卖到南太平洋的某个地方去？"

"看起来像，对吧？"蒙哥马利说，然后转过头去看海浪。

忽然，我们听见舱口传来一声喊叫和一连串咒骂声。那个黑脸的畸形人慌忙跑上了甲板，身后紧追着一个头戴白帽、身材壮实的红发男子。猎犬本来已经对着我叫累了，一看见畸形人，又发了狂似的，挣着铁链往前扑。黑脸人不得不在猎犬面前放慢脚步，红发男人趁机追了上去，朝着他的肩胛骨中间重重地打了一拳。可怜的黑脸人像公牛一样摔倒在一地污秽中，滚到了猎犬之间。幸好猎犬的嘴巴上了套。红发男人发出一声欣喜的叫喊，晃晃悠悠地站在那里。在我看来，后退回船舱或往前打黑脸人都很危险。

红发男人一出现，蒙哥马利忽然往前跃了一步。"在那里别动！"他用告诫的语调大声喊道。两个水手从船头的水手舱出来。黑脸人在猎犬的脚下打滚，发出奇怪的号叫。没有人打算去救他。那群野兽使劲用嘴拱他，他被吓得魂飞魄散。野兽灰色的身体十分矫健，在躺倒在地的笨拙的黑脸人四周跃动。水手们朝它们大喊，仿佛在观赏一场体育赛事。蒙哥马利愤怒地吼了一声，大步走下甲板，我跟在他身后。黑脸人连滚带爬地站起来，跌跌撞撞地往前逃，扑到主支索边的舷墙上，靠在那儿，上气不接下气，扭过头瞪着猎犬。红发男人心满意足地大笑着。

"听着，船长，"蒙哥马利抓着红发男子的两只手肘说道，大舌头更明显了，"不能这样！"

我站在蒙哥马利身后，船长转过半个身子，用醉汉特有的严肃又无光的眼神打量着他。"不能什么样？"他说。他醉眼惺忪地盯着蒙哥马利的脸看了一分钟，又加了一句："死大夫！"

他猛地甩开蒙哥马利，握起长满雀斑的拳头，想插进侧边的口袋，第三下才找准了口袋的位置。

"他是个乘客，"蒙哥马利说，"我劝你别对他动手动脚。"

"去死吧！"船长大声说。他忽然转身，跟跟跄跄地往船边上走。"我在自己的船上，想做什么就做什么。"他说。

我以为蒙哥马利看见这个蛮人喝醉了就会算了，可他脸色变得更差了，跟着船长去了舷墙那边。

"你听着，船长，"他说，"他是我的人，你不能虐待他。他上船后就一直被欺负。"

有片刻，醉醺醺的船长不知道该说什么。"死大夫！"这是他唯一觉得可以说的。

我能感受到，蒙哥马利是那种有耐心的慢性子，怒火一点点累积起来，总有一天会烧得白热，就再也不会冷却下来饶恕对方。他和船长之间的矛盾，也不是一天两天了。"他喝醉了，"我劝道，可能是多管闲事了，"你再说也没用。"

他下垂的下嘴唇抽搐了一下，有些狰狞。"他什么时候不是醉的。你觉得这就是他攻击乘客的借口吗？"

"我的船，"船长开口说道，朝着笼子胡乱地挥手，"本来挺干净的。看看现在成什么样子了！"船确实脏得要命。"船员，"船长继续说，"船员也都干净、体面。"

"你自己同意让动物上船的。"

"我真希望从没见过你那该死的岛。到底要把动物运到那岛上去干什么？还有，你带来的那个人——就算他是个人吧，他就是个疯子，不配待在船尾。你以为这整艘船都是你的吗？"

"那可怜鬼一上船，你的水手就开始欺负他。"

"你自己都说了，他就是个鬼！丑陋的魔鬼！我的手下受不了他。我受不了他。我们没人受得了他——也受不了你！"

蒙哥马利把脸转向别处。"不管怎样，你别动他。"他一边说，一边点头。

可船长吵架的兴致上来了，拉高了嗓门："他要是再来船这头，我会把他开膛破肚，我话放这儿。把他该死的心肝肠胃都剖出来！你算老几，对我指手画脚？我告诉你，我是这艘船的船长——是船长，还是船主。我就是这里的法，我告诉你，法和神旨。我是点了头带一主一仆去非洲，再让他们带点动物回去，可我从没同意过带一个疯鬼，一个没脑子的大夫，一个……"

他怎么骂蒙哥马利的，暂且不提。我看见蒙哥马利往前一步，赶紧拦住了他。"他喝醉了。"我说。船长骂得越来越难听。"闭嘴！"我对船长喝道，因为我瞧见蒙哥马利发白的脸上露出了危险的神情。就这样，我把战火引向了自己。

不过，我很庆幸自己在千钧一发之际制止了一场混战，甚至不惜以冒犯又醉又凶的船长为代价。我遇到过不少奇怪的人，却从未听见过那么多恶毒的脏话从一个人的嘴里源源不断地冒出来。就算是我这样好脾气的人，也觉得有些脏话实在不堪入耳。但确实，当我叫船长"闭嘴"的时候，我忘了自己不过是在海上漂流的人形残片，断粮断水，也没买船票，我能上船，倚赖的完全是这艘船的慷慨，或者说所谓的"生意"。船长火冒三丈地提醒着我这一切。但无论如何，我阻止了一场恶斗。

第四章

在纵帆船的栏杆边

那晚，日落后，我们看到了一片陆地，纵帆船顶风缓行。蒙哥马利暗示那就是他要去的地方。陆地还很远，看不太清楚，只能看见一块低平的幽蓝，随着青灰色的海水上下浮动。一缕烟几乎笔直地升到空中。

看见陆地的时候，船长不在甲板上。他对我发泄了怒火之后，摇摇晃晃地走下船舱，我现在知道，他在船舱的地板上睡着了。

船实际上由大副接管，就是我们之前见到的那个瘦削、寡言的掌舵水手。他显然不想给蒙哥马利好脸色看，对我们俩完全不理不睬。我们和他一起吃晚餐，我试图挑起一些话题，均以失败告终，大家陷入怏怏的沉默。这些人对我的伙伴和他的动物极其不友善，这着实令我意外。我发现，蒙哥马利对这些动物的用途和他要去的地方讳莫如深。

虽然我对这两件事愈发好奇，却也没再追问。

我们一直在后甲板上聊天，直到繁星满天。除了亮起泛黄灯光的前舱偶尔传来一点声音，以及动物不时地在甲板上走动的声响，夜晚十分寂静。美洲狮蜷缩起来，如炬的眼睛盯着我们，看起来就是笼子角落里黑乎乎的一团。蒙哥马利掏出几支雪茄，跟我聊起了伦敦，询问那里的种种变化，追忆往昔的语气中透露出一些难过。看他说话的样子，他似乎很爱在那里生活，却遽然远走，并且再也回不去了。我尽力说着所知道的一切鸡毛蒜皮。我们越聊下去，我越觉得他古怪。借着身后罗经柜微弱的灯光，我仔细地看了看他奇怪又苍白的脸庞。接着，我望向昏暗的海面。那一片黯淡之中，藏着他的小岛。

在我看来，这个人从茫茫大海中出现，只是为了救我一命。明天他就会下船，从我的世界里消失不见。如果是普通的相遇，我可能稍微一想便作罢。可我忍不住去思索，这样一个受了良好教育的人，居然住在一座无名小岛上，多么奇怪……还有他的那些随行之物，未免太不平常。我又想起了船长说的那个问题：他要拿这些动物来干什么？为什么我一开始说到动物的时候，他要装作不是他的？还有，他的仆人也是个怪人，这在我脑海里留下了深深的烙印。所有的一切，都给他罩上了一团迷雾。我胡思乱想，嘴上支支吾吾，不知道该说什么。

临近半夜，关于伦敦的谈话走向尾声。我们并肩站着，靠在舷墙上，睡眼蒙眬地凝望着星光下阒然无声的大海，想着各自的事情。氛围有些感伤，我趁机道谢。

"说起来，"在两人都沉默了一会儿之后，我说，"你救了我一命。"

"凑巧，"他说，"凑巧罢了。"

"我还是更愿意谢谢跟前的人，再巧也要有人来凑。"

"谁也不必谢。你需要帮助，我恰好懂怎么帮你。我给你打针、喂食，跟收集一个标本一样简单。假如那天我累得不想动，或者我讨厌你的模样，那么你今天会在哪里，就不好说了！"

我心里好像被浇了冷水。"不管怎样……"我接着说。

"只是凑巧，我说过了，"他打断我，"人的一生，一切都是凑巧。只有傻子才看不明白！我为什么会到这里，远离文明，而不是在伦敦优哉游哉，做个快乐的人？只不过因为十一年前，在一个起雾的夜晚，我失控了那么十分钟。"

他停住了。"然后呢？"我说。

"没有然后了。"

我们又重新陷入了沉默。过了一会儿他大笑起来。"这星光有魔力，让人把不该说的都说了。就当我是傻子吧，我讲给你听。"

"无论告诉我什么，你可以相信，我一定守口如瓶——如果你担心的是这个。"

他正要启齿，却犹疑地摇了摇头。

"那就别说了，"我说，"我无所谓。秘密毕竟还是藏着最好。我保守秘密，无非是能让你放心一点，也没什么其他用处。难保我真不会说出去，对吧？"

他支支吾吾，有些犹豫。我觉得我为难了他，在他感伤的时候乘人之危。说实话，一个年轻的医学生究竟为什么离开伦敦，我并不好奇。我已经有了一些猜想。我耸了耸肩，转身走开了。一个沉默的黑影靠在船尾的栏杆上，望着星空，那是蒙哥马利的怪仆人。听见我的动静，警觉地转过头看了看，接着又看向别处。

这一转头在你眼里可能是无关紧要的小动作，对我来说无异于重重的一击。周围唯一的光源是船舱那边的灯，他的脸在转过来的一瞬间，映着光亮，从船尾的昏暗中浮现出来——那双望向我的眼睛，分明闪着淡淡的绿光。那时候我并不知道，红色[1]的眼睛在人类当中并非罕见。那黑

---

1. 原文如此，疑为作者疏忽。作者此处指的可能是绿色，即"我"以为人类的眼睛是不会发出绿光的。

色的身影，还有闪着幽幽火光的眼睛，击穿了我成年时所有的思想和情感。童年时所经历过的恐惧本已淡忘，但在那一刹那间又重新涌上了心头。不过，恐惧很快消失了。我看见的不过是一个野人的身影，一个无足轻重的身影，在星空下趴在栏杆上。我意识到蒙哥马利正在跟我说话。

"我打算去睡了，"他说，"如果你也觉得差不多了。"

我心不在焉地应了一声，和他一起下了船舱。他在我船舱的门前跟我道晚安。

那晚，我做了许多不安稳的梦。亏月迟迟升至天空，将朦胧的白光泼进我的船舱，在床边的地板上映出令人发毛的形状。接着猎犬醒了，号叫声此起彼伏。就这样，我断断续续地做梦，直到晨光微露才睡着。

第五章

无处可去的人

清晨的时候——那是我身体恢复后的第二天,应该也是我被搭救后的第四天——我从一连串闹哄哄的梦中醒来。梦里有枪火,有吵嚷的人群,然后我逐渐意识到有嘶哑的吼叫从头顶传来。我揉揉眼睛,躺在那里听着吵闹声,恍惚间有点犹疑自己身在何处。忽然又响起啪嗒啪嗒光脚走路的声音,重物被四处乱扔的声音,接着是一阵轧轧的重响,铁链丁零当啷。船忽然调头,我听见咻咻的水声。青黄色的海浪带着泡沫飞快地掠过圆形小窗,留下汩汩的细流。我迅速穿上衣服,走到甲板上去。

我爬上舱梯时,太阳刚刚升起,天空映得通红,我看到了船长宽阔的脊背和红色的头发。越过他的肩膀,我看见只能原地打转的美洲狮,铁链拴在后帆横杆的滑轮上。

那只可怜的畜生似乎吓得不轻,躲在狭小的笼子的小角落里。

"受够他们了！"船长嚷嚷着，"真是受够了！船上很快就干净了，人和畜生都滚了。"

他挡住了我的路。我为了走上甲板，只能拍拍他的肩膀。他猛地转身，往后踉跄几步，盯着我看。不用专家也看得出来，他还是醉的。

"你好喔！"他用愚蠢的语气说，然后眼睛忽然亮了一些，"嗯……先生……先生贵姓什么来着？"

"普伦迪克。"我说。

"去他妈的普伦迪克！"他说，"闭嘴——这才是你的姓。闭嘴先生！"

理会这个畜生没什么好处。但他接下来的动作，我倒是始料未及。他的一只手指向舷梯。蒙哥马利站在那边跟一个灰发男子聊天，那男子身材高大，穿着杂而灰的法兰绒。他们应该是刚刚上船的。

"那边，该死的闭嘴先生！那边！"船长吼道。

蒙哥马利和他的同伴闻声转过头来。

"什么意思？"我说。

"去那边，该死的闭嘴先生——就是那边！下船，闭嘴先生，赶紧的！我们要清理船了，他妈的大清理！你下船！"

我看着他，懵了。然后我意识到，下船才是我心中所想。如果要做这船上唯一的乘客，还要和动不动就吵架的醉鬼同行，接下来的旅程实在没有盼头，失去了也没什么好可惜的。我转向蒙哥马利。

"不能带上你。"蒙哥马利的同伴说，很干脆。

"你们不带上我！"我惊恐地说。那是我见过最方的脸和最坚决的神情。

"听我说……"我转头跟船长说。

"下船！"他说，"这艘船不运畜生，不运野人，不运比野人还不如的东西！不会再运了。你给我下船，闭嘴先生。就算他们不带上你，你也要下船。无论如何，你都要走，跟你的朋友一起走。这该死的小岛，以后都跟我没关系了，老天保佑！真是受够了！"

"可是，蒙哥马利……"我恳求道。

他扭了扭下嘴唇，无奈地朝身旁的灰发男人歪了歪头，意思是他也爱莫能助。

"等会儿就把你送走。"船长说。

于是奇怪的三边谈判开始了。我挨个向这三个人求情——一会儿求灰发男人让我上岸，一会儿求醉鬼船长准我留在船上。我甚至向水手们哀声乞求。蒙哥马利自始至终都没有说话，只是摇头。"你必须要下船，我说过了。"

船长翻来覆去只有这么一句,"去他妈的王法,这里我就是王!"我得承认,吵到最后,我激动地在说一句要挟的话的时候,喊破了嗓子。我感觉怒火冲到了头顶,于是走到船尾,怏怏地呆望着。

这期间,水手麻利地把货物和关在笼子里的动物卸下船。帆船的背风面有一只大型长艇,带有两副四角帆[1]。水手们把各种稀奇古怪的货物往里面扔。一开始,艇身被帆船挡住了,我没看到从岛上来装货的帮工。蒙哥马利和他的同伴都没有要理我的意思,忙着协助和指挥四五个水手卸货。船长也过去插上一手,与其说是帮忙,不如说是多管闲事。我一时绝望,一时急切。我站在那儿,等着一切有个定论,禁不住觉得自己的窘境实在好笑。一想到自己连早餐都没吃,更觉凄惨。饥饿和贫血能让一个男人弱不禁风。我清楚自己没有力气抗议船长的驱逐令,或是强求蒙哥马利他们让我同行,只好听天由命。他们继续搬运蒙哥马利的货物,好像我根本不存在一样。

过了一会儿,东西搬完了,最后的挣扎终于到来。在微不足道的反抗中,我被押到了舱梯那边。和蒙哥马利一起的那些人长着棕色的脸,模样有些怪。已经满载的长艇

---

1. 四角帆(standing lug),指四角的船帆,上边用斜桁固定在桅杆上。

匆忙起航。在我脚下，两艘船之间绿色的海水越来越宽。我用尽全力反抗，却不想一头栽进水里。长艇上的帮工大声嘲笑，蒙哥马利骂了他们。船长、大副和另一个帮忙的船员将我往船尾赶。

"凡恩女爵号"小船一直在帆船后面拖着，半只船进了水，没有船桨，食物少得可怜。我不想到那只小船里去，于是整个人躺倒在甲板上。结果，他们用绳子把我甩进了小船里（因为船尾没有梯子），然后割断了绳子，任我漂流。我慢慢漂离帆船。半昏迷中，我看见全体船员都去挂帆了，船一点一点调好了航向。帆扑扑地飘着，风一吹进去便满满地鼓了起来。我看着帆船风雨侵蚀的侧面向我这边倾斜，角度很陡，接着，船绕出了我的视野。

我没有扭头去追寻船的身影。一开始，我根本不敢相信发生的一切。我蜷缩在船底，十分惊愕，茫然地盯着荒凉、浮着油污的海面。接着我意识到，我又回到了我的小小地狱，唯一不同的是这次小船已经有一半被淹了。越过船沿回头看，帆船已经离我有些远了。红发船长在船尾的栏杆边嘲笑我。我转头看小岛那边，长艇离海滩越来越近，变得越来越小。

刹那间，我认清了被抛弃的残酷现实。除了随波逐流，凭运气漂到岸边，我没有别的办法可以靠岸。你应该还记得，之前的暴晒让我非常虚弱。我又饿又晕，否则不会如此绝望。虽然没了力气，我还是忽然啜泣起来。自童年以后，我再也没有哭过。眼泪淌下我的脸颊。我因为万念俱灰而歇斯底里，一拳一拳地打着满是积水的船底，猛踢船沿，大声向上帝祷告，让我死个痛快吧！

第六章

长相可怕的船员

    岛上的人见我真的漂泊无定，竟可怜起我来。我缓慢地向东漂去，斜着向岛屿靠近。没过多久，看见长艇调头朝我驶来，我既松了一口气，又激动万分。艇上装了很多东西。靠近的时候，我看见蒙哥马利白头发、宽肩膀的同伴坐在船尾，和几只狗、几只货箱挤在一起。他目不转睛地盯着我，一动不动，也不说话。黑脸的瘸子在船头，也一样直勾勾地盯着我，旁边是美洲狮。他们边上还有三个人，模样奇怪，好像野兽，猎狗正朝他们恶狠狠地叫着。长艇上实在坐不下再多的人了，蒙哥马利掌舵，把船开到我边上，然后起身把小船船头的绳索系在长艇的舵柄上，拖着小船前进。

    他靠近时朝我呼喊，这时我的心绪已经平复，果断地应了一声。我跟他说小船快被淹了，他给了我一只长柄小桶。连接两只船的绳子拉紧，我猛地往后一仰。

我舀了好一会儿的水。直到船完全浮起来——船里的水舀了出去，小船就变得平稳了——我才有工夫去细看长艇上的人。

我发现白发男子依旧直直地盯着我，但此刻的神情看起来好像多了一些困惑。当我们的目光相遇后，他就低头去看两腿间的猎狗。就像我之前说的，他十分魁梧，额头饱满，五官鲜明。只不过眼睑上方的皮肤有一点奇怪的下垂，一般在年长的人脸上才看得到。他嘴巴很大，嘴角往下挂，看起来好像要随时准备打架。他跟蒙哥马利说话的声音很低沉，我听不见他在说什么。

我把目光移向另外三个人。这一伙人真是奇怪啊。虽然我只能看见他们的脸，但总觉得哪里不对劲——说不出是什么，却禁不住一阵厌恶。我继续打量着他们。厌恶感没有减退，我却不知道到底是什么令我有这样的感觉。那时，我觉得他们应该是棕色人种——可他们的四肢用一种又脏又薄的白色东西裹着，手指和脚也不例外，我从没见过这样裹住四肢的男性，只有东方的女性才这样做。他们还缠了头巾，隐约可见精灵似的脸庞，下巴突出，眼睛炯炯发亮。他们有哑光的黑发，跟马毛差不多，即使是坐着，看起来也比我见过的所有人种都要高大。

我有印象，白发男子至少有六英尺¹高，却比那三个人都矮了一个头。后来我才发现，那三个人其实都没我高，但他们的上身异常地长，大腿很短，弯曲的角度很奇怪。简而言之，他们的样貌丑得出奇。三个人的后上方，船头的四角帆下，依稀可见那个黑脸人。他的双眼在昏暗中闪闪发光。我盯着他们的时候，他们也看了过来。一与我目光相对，其中两人便先后避开我的凝视，眼神躲躲闪闪，很是古怪。我想，我的视线可能惹烦了他们，于是转头去看离我们越来越近的岛屿。

岛的海拔很低，绿植遍布，大多是一种我没见过的棕榈。岛上升起一缕白色的薄雾，斜着飘向高空中，像一片羽绒似的散去。我们来到了宽阔海湾的臂弯里，海湾的一侧是低平的海岬。沙滩是暗灰色的，呈一个陡峭的斜坡，一直延伸至山脊上，那里海拔六七十英尺，不均匀地长着几丛高高低低的树木和灌木丛。半坡上有一处用浅灰色石头围成的方形院子，后来我发现那些石头是珊瑚和岩浆浮岩。院子里隐约露出两片茅草屋顶。一个男子站在海边接我们。在我们离海岸还有一段距离的时候，我隐约瞧见几只模样奇特的动物窜进了斜坡上的灌木丛里，但靠近后便

---

1. 1 英尺约等于 0.3048 米。

再没见到。接我们的人身材中等，看脸像是黑种人。他的嘴很大，嘴唇薄得几乎看不见，瘦长的胳膊，细长的脚，O形腿。他站在那儿，大脸往前伸，盯着我们。他的衣着和蒙哥马利以及他白头发的同伴差不多，都是蓝色哔叽布制成的衣裤。

当我们更近时，他开始在沙滩上来回跑，跑动的样子十分奇怪。

蒙哥马利一声令下，长艇上的其他四人一跃而起，开始降帆，姿势特别别扭。蒙哥马利让船转弯，拐进一个直接在海滩上挖出来的狭小的船坞里。沙滩上的那个人快步向我们赶来。这船坞其实都称不上是船坞，只是一道沟。沟的长度只有配合此刻的潮水位，才刚好让长艇进来。我听见船头靠上沙滩的声音，于是用小桶的长柄勾开长艇舵上的结，让小船脱开，然后解开船头的绳索，上了岸。

三个周身被裹住的人笨拙地爬下船，一站上沙滩就马上开始卸货，接船的人在给他们搭手。这三个用绷带裹得严严实实的人，下肢的动作实在奇怪，着实令我心里一惊。他们的腿并非僵硬，而是以一种很古怪的方式扭曲着，就像是关节长在了错误的地方。狗和白发男子一起下船，用力挣着链条，冲着那三个人狂叫。三个大块头互相交谈，发出奇怪的喉音。他们开始搬船尾那几捆东西的时候，在岸边接船的人兴致勃勃地跟那三个人聊起来。我猜他们说的是外语。我以前听过这样的声音，可一时想不起来是在哪儿。白发男子站在那儿，牵着六只吵翻天的狗，并用盖过它们的声音吆喝命令。蒙哥马利拆下船舱后来到沙滩上，加入卸货的队伍。我太久没有进食，又迎着暴晒的太阳，头昏眼花，什么忙也帮不上。

过了一会儿，白发男子好像想起了我的存在，向我走来。

"你看起来，"他说，"好像没吃多少早饭。"他的浓眉下是乌黑发亮的小眼睛。"我得道歉。现在你是客人了，我们要好好招待你。虽然我们没有邀请你。"他注视着我的脸，眼神犀利，"蒙哥马利说你是受过教育的人，普伦迪克先生。他说你懂点科学。请问具体是什么呢？"

我告诉他，我在皇家科学院待过几年，然后跟着赫胥黎[1]做过一些生物研究。听到这里，他的眉毛微微耸了一下。

"这样的话，倒是有点另当别论了，普伦迪克先生。"他说，神态里多了一丝尊敬，"其实，我们都是生物学家。这里是个生物科考站——之类的地方。"他看向裹着白布

---

1. 应指英国生物学家托马斯·亨利·赫胥黎（Thomas Henry Huxley，1825 − 1895），达尔文"进化论"有力的支持者。

的人们。他们把关着美洲狮的笼子放在滚轮上，往那个有围墙的院子里拉。"至少我和蒙哥马利是。"他补了一句。然后他又说："我也说不好你什么时候能走。这里离所有的航线都很远，大约一年才能看见一艘船。"

他说完后径自走开，穿过人群，沿着沙滩往坡上去，大概是进了院子。蒙哥马利和另外两人正把小一些的包裹堆上一辆小轮手推货车。长艇上还有美洲驼和几笼兔子，猎犬拴在船的横座板上。装好东西后，他们跟在美洲狮后面，开始推那一车足有一吨重的货物，后来，蒙哥马利退出，朝我这边走回来，伸出手。

"我很高兴，"他说，"至少我自己是。那个船长是蠢货，他本该好好对你的。"

"是你，"我说，"又救了我一次。"

"这还不好说。你会发现这座岛可怕又奇怪。我向你保证。如果我是你，我会对周围多留个心眼。他——"他迟疑了一下，把到了嘴边的话收了回去，"我想麻烦你帮我弄一下兔子。"他说。

他处理兔子的方法很独特。我跟他蹚进海里，帮他把其中一笼拖到岸上。还没走到沙滩，他就打开了笼子，把笼子往一边斜，将里面的活物往地上倒。兔子一股脑儿都摔了出来，有十五到二十只，横七竖八地躺在一起。他拍拍手，兔子便蹦蹦跳跳地往沙滩上跑去。

"要多生多养，我的小伙伴们。"蒙哥马利说，"让你们的后代遍布小岛。¹ 我们已经没肉吃了。"

正当我看着兔子跑得不见了踪影时，白发男子回来了，带来一只装白兰地的随身酒壶和一些饼干。"这些东西能让你撑下去，普伦迪克。"他说，语气比之前熟络了很多。我也不推辞，马上把饼干往嘴里塞。白发男子又帮蒙哥马利放了二十多只兔子。不过，另外三只大笼子和美洲狮一样，被运到了坡上的院子里。自打出生起我就没沾过酒，因此我也没碰那瓶白兰地。

---

1. 或源自《圣经》典故。上帝造人后，对人说："要多生多养，遍布此地，治理此地……"（《创世纪》1：28）引文自译，仅供参考。

第七章

"锁着的门"

读者也许早就明白：刚到岛上，我周围的一切都是那么古怪。身处如今的境地，经历了一连串始料未及的遭遇，我已分不清什么东西最古怪，什么东西相比之下没那么古怪了。我跟在美洲驼后面往沙滩高处走。蒙哥马利追了上来，叫我别进那个石头院子。我注意到关着美洲狮的笼子和一大堆包裹都放在了四方院子的门口。

我转身，只见长艇已经被搬空了，开始往外面漂，他们正把船往海滩上拖。白发男子朝我们走来，对蒙哥马利说道：

"现在的问题就是这个计划外的客人了。我们要怎么处置他？"

"他懂点科学。"蒙哥马利说。

"有了这些新玩意，我想干活想得心痒了。"白发男子一边说，一边朝院子那边歪了歪头。他的眼睛都亮了起来。

"这我倒是不怀疑。"蒙哥马利说，语气很随和。

"我们不能让他去那里，也没时间给他另外搭个棚子。现在还不能相信他会帮忙保密吧。"

"我都已经落在你们手里了。"我说。他说的"那里"是哪里，我根本不知道。

"我也在想同样的事情，"蒙哥马利回答说，"我的屋子有一个门冲外的隔间……"

"那就这样吧。"更年长的白发男子打断蒙哥马利，看着他说道。我们三个一起往院子走去。"抱歉，普伦迪克先生，我不是有意要遮遮掩掩。但你要记住，你不是我们主动邀请来的。这块小地方藏着秘密，说实话跟蓝胡子的密室 [1] 差不多。对正常人来说并不可怕，但目前，我们并不了解你……"

"那是自然，"我说，"你们不可能马上就信任我。我如果连这样都觉得冒犯，那就真是笨蛋了。"

他扭动嘴唇，挤出一丝微笑——他属于那种阴沉的人，连笑起来的时候嘴角都下垂——然后微微鞠了一躬，

---

1. 法国诗人夏尔·佩罗创作的童话，主人公是长着蓝色胡子的贵族。他的几任妻子都神秘地失踪了，其实是被杀害后藏在了庄园的密室里。

对我的顺从表示致意。我们经过了院子大门，那是一扇厚重的木门，门框铁铸，紧紧锁着，门边堆着船上的货物。我们在转角拐进一个之前没看见的入口。白发男子从沾满油污的蓝色外套的口袋里掏出一串钥匙，打开门，走了进去。他的那些钥匙，还有即便在他眼皮底下也要死死锁着的院子，都使我深感怪异。我跟着他进屋。屋里家具简陋，但还算舒服。里面的那扇门轻掩着，门的另一边是铺过地的后院。蒙哥马利立即将这扇门关上了。灯光较暗的那个角落里挂着一张吊床，面海的墙上开了一扇没有装玻璃的小窗，只安了一根铁栅。

白发男子说这就是我的房间了。里面的那扇门，他会从另一边锁上，保证我不能进到里屋，说是"以免发生意外"。他指给我看窗前的躺椅，以及吊床边书架上的一列旧书。我注意到那些书大多跟外科手术有关，还有几本拉丁文和希腊文的典籍（都是我读起来觉得艰涩的语言）。他从我们进来的那扇门走出去，好像是有意不想再打开通向里屋的门。

"我们平时在这里吃饭……"蒙哥马利说，可还没说完，他们便一前一后出去了。"莫罗！"我听见他喊，但那时我并没有留心，直到我翻弄着架子上的书的时候才想到：我是不是在哪儿听过莫罗这个名字？我坐在窗前，拿出没有丢掉的饼干，狼吞虎咽地吃了起来。莫罗！

透过窗，我看见其中一个裹着白布的神秘人正拖着货箱在沙滩上走。不一会儿，窗框将他挡住了。接着，我听见背后响起钥匙插进门锁转动的声音。过了一阵子，锁着门的另一边，传来猎犬的吵闹声——它们从沙滩上被带回来了。它们没有叫唤，只是一边四处闻，一边低吼，很是奇怪。我能听见它们的脚掌在地上急促地踏着，蒙哥马利在安抚它们。

两个人这么费心思地去遮掩这地方藏着的东西，实在令我耿耿于怀。我思索了一会儿，又去想那个熟悉却记不起来的名字——莫罗。可人的记忆实在古怪，我只记得这名字很有名，却记不起来究竟为何。我的思绪又转到沙滩上那个畸形人，他有一种说不清楚的怪。我从没见过这样的走路方式，也没见过这样别扭的拖箱子的姿态。我想起来，这些人都没有跟我说过话，尽管他们大多都时不时地盯着我看，眼神鬼鬼祟祟，但也不像没有教化的野人会有的那种直视。确实，他们好像都异常地沉默寡言；当他们真的开口了，声音古怪又神秘。他们到底怎么了？然后，蒙哥马利那个笨拙粗野的仆人的双眼又浮现在我的脑海里。

我正想到他，他就走进了屋子。他换了身白色的衣服，端着一个小托盘，里面盛了一些咖啡和煮过的蔬菜。他进门的时候，我忍不住一个战栗，吓了一跳。他友好地弯下腰，把托盘放在我面前的桌上。这时我惊得目瞪口呆。他那被细长的头发遮住的耳朵，忽然跃入我的视野，出现在离我的脸很近的地方。他的耳朵是尖的，并且长满了棕色的细毛！

"您的早餐，先生。"他带着很重的口音说。

我注视着他，完全没想到要应答。他一边转身往门那边走，一边回过头来用奇怪的眼神打量着我。我看着他走出门，由于潜意识思考的奇妙作用，脑海里突然闪过一个短语——"莫罗案"。是吗？"莫罗——"啊！我的记忆闪回到十年前。"莫罗惨案！"这句话在我的脑海里飘荡了一会儿，接着变成了牛皮纸小册子上的红字。那册子我当时读了一阵战栗，毛骨悚然。我终于清清楚楚地想了起来。那份被遗忘许久的小册子，变得历历在目，仿佛就在眼前。那时我还只是个小伙子，莫罗大概五十岁，是个颇有威望与建树的生理学家，因为超群的想象和毫不留情且直截了当的性格在科学界赫赫有名。

这就是同一个莫罗吗？他发布过一些有关输血的发现，震惊了学界，同时也在增生疾病领域进行着很有价值的研究，名声不小。后来，他的学术生涯戛然而止，被迫离开了英国。一名记者为了发掘轰动性的新闻，以助手的身份进入了实验室。因为一起令人震惊的意外事件——或许并非意外——莫罗那怵目惊心的手册为众人所知，恶名从此传开。手册流出的那天，一只可怜的狗从莫罗家里逃了出来。它被剥了皮，而且手足残缺。那时正值新闻淡季[1]，一个著名编辑——他跟那暂时冒充实验室助手的记者是表亲——呼吁全国人民的良知。科学研究的方法受到道德指摘，已经不是头一回了。莫罗博士在一片骂声中被迫离开英国。或许这是莫罗博士应得的下场。可我如今依然觉得，他的同僚没有全力声援，广大的科学工作者直接抛弃了他，对他来说并不是一件光彩的事情。不过，在记者的记叙中，他的一些实验残忍至极。他本可以放弃研究来与社会求和，但他显然选择了研究。只要是中过一次科学研究魔咒的人，大多都会做出同样的抉择。他当时未婚，除了个人得失，确实也没有其他东西需要考虑。

我确信这一定是那个莫罗。一切线索都指向了他。我忽然明白，与其他货物一起被运到屋子后面的院子里的那头美洲狮和其他动物，将会有怎样的命运。一来到这里，我就闻到一丝奇怪的、若有若无的气味。那气味很熟悉，之前一直在我意识深处，没来得及细想，这时才忽然注意

---

1. 指没有政治方面重大新闻的夏季，媒体一般充斥着无聊的报道。

到它——那是解剖室消毒水的气味。隔着墙，我听见美洲狮在低吼，有只狗尖叫了一声，好像是被打了一下。

毋庸置疑，尤其是从一个科学工作者的角度来看，没有比活体解剖更可怕、更需要秘密进行的工作了。不知为何，我的思绪又跳回到蒙哥马利的仆人。他的尖耳朵和闪闪发光的眼睛又一清二楚地浮现在我的眼前。我凝望着碧绿的海面，清新的微风吹拂着泡沫，这几天林林总总的奇怪的回忆在我的脑海中萦绕。

孤岛上大门紧闭的院子，臭名昭著的活体解剖科学家，跛脚的畸形人……这一切到底意味着什么呢？

第八章

吼叫的美洲狮

一点钟光景，蒙哥马利打断了我纷乱纠缠的迷惑与猜想。他奇怪的仆人跟在身后，端着托盘，里面是面包、草叶等食物，还有一瓶威士忌、一壶水、三只玻璃杯和餐刀。我满怀疑心地看了一眼这个奇怪的生物，发现他也正在用他那古怪的、永远转个不停的眼睛看着我。蒙哥马利说他本想跟我一起用午餐，但莫罗接下来有事要忙，没法加入。

"莫罗！"我说，"我知道这个名字。"

"该死！"他说，"我真是蠢啊，居然跟你提起这事！我应该想到的。不管怎样，如果你听说过这个名字的话，我们保密的事你应该能猜到一二了吧。来点威士忌？"

"不了，谢谢，我不喝酒。"

"真希望我也不喝酒。不过马丢了才锁门[1]，也没什么用

---

1. 谚语，指灾祸发生了才想到去防范。

了。我之所以沦落到这里，就是因为那该死的酒和起雾的那个夜晚。莫罗帮我脱身，我还以为自己好运呢。真是奇怪……"

"蒙哥马利，"外门关上的时候，我打断他说，"你的仆人为什么是尖耳朵？"

"妈的！"他说，刚刚吃了第一口食物。他盯着我看了一会儿，重复道：尖耳朵？"

"耳朵有小小的尖，"我屏着气，尽量平静地说道，"边缘还有黑色的细毛？"

他一边给自己倒了威士忌和水，一边仔细地思考着什么。"我记得，他的耳朵长满了毛。"

"你让他给我送咖啡。他弯腰把咖啡放在桌上的时候，我看见了。他的眼睛在夜里会发光。"

这时，蒙哥马利已经从我意外的提问里回过神来。"我一直觉得，"他慢条斯理地说，说话有明显的咬舌，"他的耳朵一直遮着，一定有什么不对劲。长什么样来着？"

看他的神情，我确信他的一无所知是装出来的，但我不能直接说他在撒谎。"尖的，"我说，"很小，毛茸茸的，毛看得很清楚。就整个人来说，我从没见过这么奇怪的人。"

一声尖厉又嘶哑的咆哮从我背后的院子里传来，低沉的声音和音量都表明那是美洲狮的吼叫。我看见蒙哥马利哆嗦了一下。

"你说什么？"他说。

"你是在哪里找到他的？"

"旧金山。他是个丑陋的畜生，这我承认。他脑子也不好使，你知道的。自己是从哪儿来的都不记得了。但我习惯他了，你知道的。我们互相习惯了。他哪里吓到你了？"

"他不自然，"我说，"有哪里怪怪的——别说是我的幻觉，他一靠近我，我就感到有点不舒服，肌肉都会紧张。说实话，他给人一种残暴的感觉。"

我说这些话的时候，蒙哥马利停止了进食。"怪了！"他说，"我怎么没发现。"他又继续吃了起来。"我完全没注意到。"他一边咀嚼一边说。

"帆船上的船员也一定有同样的感觉，他们把这可怜的东西往死里打。你看见了吧，那个船长？"

忽然，美洲狮又嚎了一声，这次更痛苦了。蒙哥马利嘀咕着骂了一句。我正想追问他沙滩上的那些怪人，那头可怜的野兽开始发出一连串短促、凄厉的叫声。

"沙滩上的那几个人，"我说，"他们是什么种族的？"

"他们真不错，对吧？"他心不在焉地说。听着美洲狮号叫，他的眉头皱在一起。

我没再多问。咆哮声再次传来，比之前的更可怕。他用淡灰色的眼睛看着我，然后又喝了一些威士忌。他想要跟我讨论酒，说什么用酒救了我的命，好像急着想要强调他是我的救命恩人。我随便应和了一句。

过了一会儿，我们吃完了。尖耳朵的畸形怪兽把残羹剩菜清走，蒙哥马利也离开了，房间里又只剩我一个人。美洲狮被解剖的过程中，蒙哥马利从头至尾都很烦躁，而且并没有把烦躁隐藏得很好。他提过自己胆子出奇的小，由我去理解这个再也明显不过的借口。

我也觉得美洲狮的咆哮特别地烦人。到了傍晚，叫声变得更加低沉、短促。起初听起来是很痛苦，但不断的重复最终让我感到烦躁不安。我把刚刚读的一本贺拉斯[1]作品的译本丢到一旁，攥紧拳头，咬着嘴唇，在房间里来回踱步，后来不得不用手指堵住耳朵。

富有情感的咆哮逐渐向我袭来，这种咆哮最终成了对痛苦最为精准的表达，我无法继续在封闭的空间里忍受下去。我走出门，来到午后那寂静的热气之中，走过大门——我注意到门又锁着了——转过墙角。

---

1. 指昆图斯·贺拉斯·弗拉库斯（Quintus Horatius Flaccus，前 65 —前 8），古罗马诗人，批评家、翻译家，代表作《诗艺》等。

在门外，咆哮声听起来更响了，仿佛世界上所有的痛苦找到了共同的声音。但我后来一直在思考，假如所有的痛苦都没有声音，即便是在隔壁，我也能忍受得好好的。只有当痛苦发出了声音，使我们神经战栗的时候，怜悯才会来搅得我们心绪难安。虽然阳光明媚，绿树在舒心的海风里轻轻摇摆，但周遭依然混沌，像是被飘荡着的黑红色的魅影蒙上一层斑驳，直到我走远再也听不见那四方院子里的声音，世界才清朗起来。

第九章
森林里的东西

屋后的山脊布满了矮树丛，我在当中漫无目的地大步穿行。走到尽头，便踏入了树干笔直的密林投下的阴影。我继续往前，不一会儿便发现自己已经来到了山脊的另一边，正往山坡下走。坡底有一条小溪，淌过狭窄的山谷。我停下脚步倾听。或许是因为走得够远，或许是因为有茂密的灌木遮挡，所以这里完全听不见院子里的声音。四周一片寂静。忽然，随着一阵沙沙的响动，一只兔子出现在我面前，蹦蹦跳跳地朝坡上跑去。我不知该往哪里走，于是在树荫的边缘坐了下来。

这周遭很宜人。两岸草木葱茏，小溪几乎全被遮住，只剩一处缺口，露出一块三角形的水面，波光粼粼。朝对岸看，树木和藤蔓交错成一片朦胧的蓝绿，上方是明亮的蓝天。四周散落着几抹白或红，是附生植物开的花。我环顾了一会儿风景，然后又开始反复琢磨蒙哥马利的仆人的奇怪之处。但天气实在太热，我没法仔细思考，不久便坠入了介于瞌睡与清醒之间的宁静之境。

不知过了多久，我被对岸草丛中的一阵骚动惊醒。可是我看了好一会儿，只见蕨草和芦苇的顶部在摇动。忽然，河岸上出现了什么东西，一开始，我分辨不清那是什么。它弯下腰，把圆圆的头伸向水面，开始喝水。那时我看见了，那分明是个人，像野兽一样四脚着地。他裹着淡蓝色的布，肤色如铜，长着黑色的毛发。看来，奇怪和丑陋是这些岛民共同的特征。他喝水的时候，我能听见嘴唇发出咂咂的吮吸声。

我往前探，想看得更清楚一些。结果我的手不小心打到了一块火山岩，石头啪嗒啪嗒地滚下了坡。他鬼鬼祟祟地抬起头，正好与我对视。他连滚带爬地站起来，用笨拙的手擦了擦嘴，注视着我。他的腿还没有身体的一半长。我们就这样盯着对方的脸看了大约一分钟。接着，他转过头看了看，钻进了右前方的灌木丛里。灌木丛中叶子窸窸窣窣的声音越来越远，越来越轻，渐渐停息。他消失之后，我依旧坐在那里，朝他溜走的方向眺望了很久。伴着困倦的宁静之境早已无影无踪。

背后的响动吓了我一跳。我立马转身，看见兔子的白尾巴扑扑地跳着，最后消失在坡上。我跳了起来。这半人半兽的幻影，使午后的空气瞬间凝固。我紧张地看了看四周，后悔自己手无寸铁。然后我想，刚刚看见的那个人裹着淡蓝色的布，并非如野人一般赤身裸体。我试图让自己相信，他或许很温顺，只不过狰狞的容貌掩盖了他的性情。

可是，那幻影仍然令我深感不安。我沿着山坡往左边走，四下里张望，眼神在笔直的树干之间搜寻。为什么人要四脚着地走路，要用嘴唇吸水呢？过了一会儿，我又听见了动物的哀号。我想还是那只美洲狮，于是转身朝着与声音完全相反的方向走，来到了小溪边。我蹚过小溪，一路穿过对岸的灌木丛往坡上走。

前面地上出现一大片醒目的猩红，我一惊，走过去才发现那是一种奇异的菌类，分支繁密，波纹似的铺开，像是叶状地衣，但一碰便会腐烂潮解成黏液。

在茂密的蕨草丛的阴影下，我忽然撞上了一个令我不适的东西——一只兔子的尸体。尸体上爬满了艳丽的苍蝇，但仍有余温，头颅被整颗扯下。一看见溅落四周的血迹，我惊恐地停下脚步。这岛外的来客，至少已经有一只丧命于此了！尸体周围没有打斗的痕迹，看起来，兔子应该是被瞬间捉住，一击毙命。我盯着那小小的毛茸茸的尸体，开始绞尽脑汁地思考这惨案究竟是如何发生的。

自从我看见小溪边那张不属于人类的脸庞，心中就隐隐约约有了恐惧。现在我站在这里，恐惧变得越来越清晰。我这才意识到，我在潜伏着未知之人的野外探险，胆子未免也太大了。四周的灌木丛好像也随着我的想象而变了意味：仿佛每一寸阴影都不只是简单的阴影，而是埋伏；每一阵沙沙声，都像是威胁在逼近。似乎有我看不见的东西在注视着我，我决定回到海边的院子里去。我急忙转身，慌慌张张，甚至可以说是发了狂似的钻过灌木丛，急着想要到一个开阔的地带去。

正当我要跑进开阔的地带时，我及时停下了。那是一片塌陷而成的林中空地。幼苗已经开始生长，努力在空地里争夺一席之地。远处树木枝干繁密，藤蔓环绕，还有一片片菌类和花丛，一起将空地重新包围起来。我前面有一棵倒下的巨木，残躯上已经长满了菌。木头上蹲着三个奇怪的人。他们没有发现我靠近了。其中一个明显是女的，另外两个是男的。他们衣不蔽体，只有腰间扎着一块红布。他们的皮肤是惨淡的粉色，我从没见过这种皮肤的野人。他们脸庞肥大，没有下巴，额头后缩，头发稀疏干硬。我从没见过长得这么像野兽的人。

他们在交谈，或者应该说是有一个男的在跟另外两个人讲话。他们聊得很专注，所以没有注意到我一路跑来的窸窣声。他们的头和肩左右转动。说话的那个人咬舌很重，说得慢吞吞的。虽然我能清楚地听见他们讲话的声音，却分辨不清在说什么。我觉得他好像是在念诵某种很复杂的奇怪言语。过了一会儿，他的声音变得更加尖厉，同时他伸开双手，站了起来。另外两人也随着他站起来，学他说同样急促的话。他们也伸开双手，跟着口中所念话语的韵律，左右摇摆。这时我注意到，他们的腿异常的短，脚掌瘦长且笨拙。三个人开始缓缓地转圈，站直，跺脚，挥舞手臂。他们有韵律的念诵慢慢有了曲调，然后他们又重复一遍，听上去是"阿鲁哈"或是"巴鲁哈"。他们的眼睛开始变得炯炯有神，丑陋的脸上也有了光彩，神情饱含奇怪的欢快。唾液从他们没有嘴唇的嘴里滴下来。

忽然之间，正当我看着他们奇怪、神秘的姿势时，我第一次清楚地明白过来，究竟是什么使我如此不安，究竟是什么给了我如此互相矛盾、冲突的印象——既让我觉得完全陌生，又有一种奇怪至极的熟悉之感。举行着神秘仪式的三只生物，身形是人，给我的感觉却像是某种熟悉的动物。他们中的每一只，即便有人类的形态，裹着破布，有近似人类的躯体，却在举手投足之中，在神态表情之中，显示出属于猪的痕迹。那种特征，一旦看明白，就无法从印象中抹去，并且绝对不会搞错。

我站在那儿，完全被这令人惊愕的顿悟震慑，脑海中开始冒出一些可怕的问题。他们开始向空中跳跃，一个接一个，发出"呼噜呼噜"的高呼声。有一个滑了一跤，四脚着地，然后又恢复直立，继续往前跳跃。但那一瞬间动物本性的流露，足以证明我对这些怪兽的猜想。

我转过身，尽量不出声，一有树枝折断或者树叶响动的声音，我便停下来，一动不动，害怕被发现。我就这样钻回了灌木丛中。过了很久，我才壮了点胆子，敢放开手脚往前走。我只有一个念头，那就是逃离这些丑恶的生物，完全没有注意到自己走到了一条隐约可见的林间小路上。当我穿过一小片空地，忽然看见树木间出现了两条笨拙的腿，又吓得一个激灵。腿前行的方向与我的路线平行，脚步静悄悄的，离我大约三十码[1]，头和上半部分身体被杂乱的藤蔓挡住了。我立马站住，希望那个生物没有看见我。可是它的脚步也跟着停下了。我的心提到了嗓子眼，费了好大的劲才控制住了拔腿逃跑的冲动。透过交错的藤蔓，我仔细一看，那个头颅和身体，分明是之前在溪边喝水的那个野人。他的头转了过来，双眼闪着碧光，从荫翳的树丛中朝我这边扫视。那几近通明的碧色，在他把头转向另

---

1. 1 码约等于 0.9144 米。

一边的时候，又瞬间消逝。接下来的片刻，他一动不动，然后又突然迈开悄无声息的步子，继续在繁芜的绿植中跑起来，转眼间便消失在灌木丛后。我看不见他，可是我能感觉到他又停了下来看着我。

他到底是什么呢？是人还是野兽？他为什么盯上我了？我手无寸铁，连根木棍都没有。如果他是想逃走，那就真的是太笨了。那东西，且不论是什么，至少还不敢向我发起攻击。我咬了咬牙，径直朝他走去，虽然怕得脊背发凉，却极力不表现出来。我拨开一丛开白花的高高的灌木，钻过去，看见他在离我二十步远的地方，踌躇地扭头看着我。我往前走了一两步，目光坚定地盯着他的眼睛。

"你是谁？"我说。

他和我对视，可眼神闪躲。"不！"他忽然叫了一声，转头往树丛里跑，然后又转过身盯着我。暮色沉沉的树荫下，他的眼睛闪着明亮的光。

我的心已经提到了嗓子眼，但我觉得，我唯一的胜算就是虚张声势，于是步伐坚定地朝他走去。他又转过头跑了，消失在暮色中。我好像又看见了他闪闪发光的双目，其他的什么也没看清。

这时，我才反应过来天色已晚，于我不利。太阳在几分钟前便落下去了，热带地区的黄昏稍纵即逝，东边天空的光亮已经在褪去。一只打冲锋的飞蛾在我的头顶静悄悄地扑腾着翅膀。如果我不想在这神秘莫测、危险四伏的森林里待一晚上，就必须赶回住处去了。一想到要回到那个哀号缭绕的庇护所，我就极其抗拒；但我更不愿意在黑黢黢的野外被追赶，更不必说那黑暗中或许还潜伏着其他的危险。我又看了一眼那片吞没奇怪生物的蓝色暗影，然后沿下坡折返，寻溪流而去，一边走，一边分辨来时的方向。

我走得很急，脑海里有许多想不明白的事情，不一会儿，我发现自己来到了一处平地，周围稀稀落落地长着几棵树。玫红的余晖消散后，随之而来的是无色的光亮，而现在渐渐被黑暗替代。头顶的蓝天在一瞬间变得深沉，小小的星星一颗一颗地刺穿黯淡的蓝色。树之间的空隙，远处草木之间的缺口，在白天是朦胧的蓝色，此刻却变得漆黑神秘。

我继续往前。世界褪去了颜色。树冠在深蓝的天空里映出墨色的轮廓，轮廓以下融成了一整片没有形状的黑暗。又走了一会儿，树木越来越瘦小，灌木丛越来越茂盛。接着穿过了一块白沙覆盖的荒地，然后又来到一大片缠结的灌木林。我不记得来时是否经过了这片沙地。

右手边传来轻微的沙沙声，折磨着我的神经。起初我以为是幻觉，因为我一停下，周围就寂静无声，只听见晚风吹拂着树顶；可当我继续赶路，又有声音响起，应和着我的脚步。

我从灌木丛中出来，尽量走在空旷的地带，并且不时地忽然转身，如果有东西暗中尾随我，就可以吓它一跳。我什么也看不到，却还是愈发相信，附近有其他东西存在。我加快步伐，不久后来到一处起伏不大的山脊，横穿过去。走了一段距离后，我猛地转过身，目不转睛地盯着山脊那边看。山脊在昏暗的天空下映出清晰的黑色线条。片刻之后，一团看不清形状的东西窜出地平线，瞬间又不见了踪影。

这下我确信，我那黄褐色脸庞的对手又在跟踪我了；同样不幸的是，我意识到自己迷路了。

我急急忙忙地走了一会儿，绝望又迷茫，身后被那鬼鬼祟祟的东西追着。那东西无论是什么，要么不敢攻击我，要么想趁我不备。我故意挑空旷的地方走，转身听了几次后，渐渐有些确信尾随者已经放弃了追逐。这也可能只是精神错乱的我凭空想象的结果。然后我听见了海的声音。我加快了脚步，几乎跑了起来。突然，身后有什么东西被绊倒了。

我立即转过身，凝视着混沌的树丛。一个黑影扑向了另一个黑影。我仔细听辨，一动不敢动，只能听见耳朵里暗暗的血流声。我以为是我神经衰弱，被自己的想象欺骗，于是毫不犹豫地转身，继续循着海的声音赶路。

大约一分钟后，树林越来越稀疏，我走到了海岬上。海岬光秃低平，延伸到灰暗的海水里。夜晚安静而清朗，星星逐渐繁密，在悠闲起伏的海面上反射出粼粼的光。更远处，海浪冲刷着一块形状不规则的礁石，兀自闪耀着苍白的光。往西边的天空看，黄道光[1]和长庚星[2]黄色的亮光交相辉映。从我的位置看，海岸往东陡降，西边被海岬的一侧挡住了。这时我想起来，莫罗的海滩是往西延伸的。

身后有树枝折断的声音，窸窣作响。我转身，面朝黑暗的树林。我什么也看不见——或者也可以说，我看见了太多。昏暗中的每一道黑影都如此不祥，表现出伺机而动的警觉之态。我站了大约一分钟，然后转身往西穿过海岬，一只眼依然瞥着树林。我动身的时候，一道潜伏的黑影也跟着移动了。

我的心怦怦直跳。走了片刻，终于看见了一片向西蜿蜒的宽阔的海湾。我又停下了，悄无声息的黑影也跟着停下了，离我大约十二码。弯曲的海湾尽头，闪耀着一颗小小的光点，星光下依稀可见一片灰色的海滩。那光点距离

---

1. 黄道光（zodiacal light），指在日落后的西边天空或日出前的东边天空泛出的微光。因为太阳在天球上的运动轨迹为黄道，故名黄道光。
2. 长庚星（evening star），金星的别称，也称昏星。因常在日落后出现在西边的天空中而得名。

我大约两英里 [1]。要抵达那片海滩，我得先穿过潜伏着重重黑影的树林，走下长着灌木丛的山坡。

现在，我能更清楚地看见那东西了。应该不是动物，因为他直立着。我张开嘴说话，却发现嗓子里卡了一口痰，声音沙哑。我又试了一次，喊道："那边是谁？"没有应答。我朝着它走了一步。那东西没有移动，只是往后一缩。我的脚踢到了一块石头，忽然有了主意。我一边继续盯着前方的黑影，一边弯下腰，捡起那块石头。我这样一动，那东西立即转身，就像狗那样，偷偷潜进黑暗里去。然后我想起小男孩遇上大狗时应急的方法，用手帕将石头系住，在手腕上绕了一圈。我听见更远的暗处传来一阵响动，那东西好像越逃越远了。我又紧张又亢奋的心情刹那间松懈，忽然大汗淋漓，浑身颤抖。敌人溃退，我的手里还拿着武器。

过了好一会儿，我才重新下定决心，穿过海岬侧翼的树林和灌木丛，走到沙滩上。最后一段路我是用跑的。当我从灌木丛来到沙地上时，我听见背后有东西在追我。霎时间，我吓得六神无主，沿着沙地跑起来。那东西立即追上来，脚掌柔软，步子急促。我哇地大叫，加快了速度。经过几丛灌木的时候，有几只比兔子大三四倍的东西，蹦

---

1. 1 英里约等于 1.61 千米。

蹦跳跳地从沙滩跑向灌木丛。

　　只要我还活着，就不会忘记那场追逐是何等恐怖。我靠近水边跑，不时听见紧逼在身后的脚步踩在水里的声音。黄色的光点还很遥远，远得令人绝望。周围的夜一片黑暗、寂静。啪嗒、啪嗒，追赶我的脚步越来越近。我体能不好，能明显地感受到自己的呼吸，吸气时发出尖厉的声音，腹部一侧像被刀刺一样疼。我想，不用等我靠近院子，那东西就能追上我。于是，在抽泣似的呼吸中，我绝望地调头，朝着向我奔来的东西打去——用尽全力的一击。手帕系着的石头甩了出去。我转身的时候，那四脚着地奔跑的东西站起来，我投出去的石头砸在了它左边脑门上。随着脑壳上一声响，那不知是人是兽的东西向我撞来，双手把我推倒在地，接着一个趔趄，越过我，一头栽在沙地上，脸扎进水里，躺在那儿不再动弹。

　　我不敢靠近那漆黑的一堆，任由它躺在那儿，水在它身边泛起涟漪，头顶的星星一动不动。我没再接近它，继续朝发出黄色光亮的房屋走去。过了不久，耳边传来美洲狮可怜的哀号，我松了口气。我起先就是被这声音逼着出门，去探索这座神秘的岛屿。这时，尽管头晕目眩，筋疲力尽，我依然使出全部的力气，朝着灯光跑去。我好像听见有谁在呼唤我。

第十章

哀号的人

当我靠近屋子时，看见我房间的门是开着的，亮光就是从那里透出来的。接着，我听见那橘黄色亮块附近的黑暗里，传来蒙哥马利的叫喊声："普伦迪克！"我继续奔跑。过了一会儿，我又听见了他的呼喊。我微弱地回了一声："哎！"刚说完，便一个踉跄撞上了他。

"你去哪儿了？"他说，伸直双手扶住我，让门里的光照在我的脸上。"我们一直在忙，半个钟头前才想起你来。"他领我进屋，让我坐在躺椅上。亮光一时刺得我睁不开眼。"我们没想到，你会不告诉我们一声，就开始探索这座岛。"他说，"我怕……不过……怎么了……嘿！"

我散尽最后一丝力气，头垂到了胸前。他给我喝了白兰地，好像有一种终于让我喝到酒的满足。

"老天，"我说，"把门关好。"

"你见到一些我们的珍品了，嗯？"他说。

他锁上门，转身面对着我。他没有再问，只给了我更多的白兰地和水，然后催我吃东西。我整个人已经垮了。他含糊地说了些什么忘了警告我之类的话，然后简单问了问我几点出门，看见了什么。

我简短地回答了他，语句断断续续。"告诉我，这一切究竟是什么。"我说着，几乎就要崩溃了。

"不是什么可怕的东西，"他说，"但我想你这一天已经经历了够多了。"美洲狮忽然发出一声痛苦的尖叫。听见这叫声，他小声地骂了一句。"我发誓，"他说，"这地方简直跟都是猫的高尔街一样糟糕。"

"蒙哥马利，"我说，"那只追我的东西，究竟是什么？它是野兽还是人？"

"如果你今晚不好好休息，"他说，"明天脑袋会晕的。"

我站到他面前。"那只追我的东西，究竟是什么？"我问道。

他直视着我的眼睛，歪着嘴。他的眼神一分钟前还充满生气，此刻变得黯淡。"听你的描述，"他说，"应该是个妖怪吧。"

我感到一阵强烈的愤怒，不过这股怒气来得快，去得也快。我瘫回椅子里，双手贴在额头上。美洲狮又开始号叫。

蒙哥马利走到我身后，一只手搭在我的肩膀上。"听着，普伦迪克，"他说，"我不该让你在我们这座荒唐的岛上晃荡的。但是，老兄，这座岛没有你想的那么糟糕。你的神经紧张坏了。我来给你点东西，帮助你入睡。这东西，效果能持续几个小时。你必须得睡觉了，否则生病了我可不负责。"

我没有应答，弯着腰，用双手捂住脸。不一会儿，他带着一剂黑色的液体回来，递给我。我没有反抗，喝了下去。他扶我睡进吊床。

我醒来的时候已是大白天。我直挺挺地躺了一会儿，盯着上方的房顶。我注意到，椽子是船的木头改的。然后我把头转向一边，看见桌上有准备好的餐点，这才感到饿了，准备从吊床上爬下来。吊床仿佛贴心地预料到了我的心思，顺势往边上一扭，让我四肢着地落在地板上。

我站起来，坐到食物面前。脑袋昏沉沉的，起初只能模糊地记得昨晚发生的事。早晨的微风吹进没装玻璃的窗户，非常舒服，食物亦让我体会到了来自动物本能的愉悦。不久，我身后的门——屋子里那扇通往院子的门——打开了。我转过头，看见了蒙哥马利的脸庞。

"哎，"他说，"我忙得要命。"说着，他把门关上了。

结果，我发现他忘了把门重新锁上了。这时，我想起了前一晚他脸上的表情，进而，昨天经历的一切都浮现在我眼前。正当恐惧重新涌上心头，里屋传来一声吼叫，但这次不是美洲狮的哀号。我放下刚送到嘴边的一口食物，仔细聆听。寂静，只有晨风在低语。我开始想是不是被耳朵骗了。

隔了很久，我才继续进食，但耳朵依然保持警觉。过了一会儿，我听见了另一个声音，十分微弱、低沉。我呆坐在那儿，仿佛整个人都僵在了那一刻的心绪之中。那声音虽然微弱、低沉，但对我的感染之深，比墙后边我听了这么久的、那令人厌恶的哀号更甚。这隐约、断续的声音，我没有听错，对声音的来源亦没有丝毫怀疑。因为这是呻吟，夹杂着呜咽，还有痛苦时的倒吸气。发出这声音的，不是野兽，分明是一个遭受折磨的人！

一意识到这点，我马上就站起来，大跨三步走到房间的另一头，抓住那扇通往院子的门把手，一把推开。

"普伦迪克，嘿！别！"蒙哥马利喊道，要我住手。

一只猎鹿犬受了惊吓，龇着牙狂叫起来。我看见水槽里有血——褐色，带着些许鲜红；同时，石炭酸[1]特有的气

---

1. 石炭酸（carbolic acid），即苯酚，有机化合物，有很强的腐蚀性，常用于清洁或消毒。

味扑鼻而来。透过一扇开着的门，我看见昏暗的阴影里，有只东西被绑在架子上，十分痛苦的样子，伤痕累累，躯体殷红，还绑着绷带。接着，老莫罗苍白、狰狞的脸出现在我眼前，挡住了视线。他随即用一只染红的手抓住我的肩膀，将我转过身去。我一个趔趄，被猛地推回房间里。他把我揪起来的样子，就仿佛我是个小孩。我重重地摔在地上。门砰地关上，他充满怒气的脸随之消失。这时，我听见钥匙转动门锁的声音，以及蒙哥马利的告诫声。

"千载难逢的作品就这么毁了……"我听见莫罗说。

"他不明白……"蒙哥马利说，然后是些我听不清的话。

"我现在还抽不出时间……"莫罗说。

剩下的对话听不见了。我站起身，浑身战栗，脑子里一片混乱，充斥着各种可怕至极的疑虑。我想，这里有没有可能正在对人做活体解剖？这个问题闪过脑海，犹如一道电光划过浑浊喧腾的天空。接着，心中阴云般密布的恐惧凝聚成了一个念头——我真切地意识到，自己也陷入了险境。

第十一章
追捕

看见通往外面的门还开着，我的心中不禁生起一丝不切实际的逃走的希望。这时我已经确信，莫罗在活体解剖一个人，笃信不疑。

自从听到他的名字以来，我总想着，那些外形古怪、近似野兽的岛民或许和他的恶行有什么关联。如今，一切昭然若揭。

我又想起了他在输血方面的研究。我看见的那些生物，正是一系列恐怖实验的受害者。这些令人作呕的恶棍，早就想好了要瞒着我，故作神秘来愚弄我，然后把我送上比死还要可怕的命途，将我百般折磨。折磨的结果，便是要有多丑恶便有多丑恶的退化。

我将沦为一个迷失的灵魂，一只野兽，加入他们创造的科玛斯的乌合之众。[1]

我环顾周围，想找个武器。可什么也没有。突然我有了一个主意，将躺椅翻过来，一脚踩在椅子侧面，把扶手拽了下来。刚好有一枚钉子连带着被拔下来，直直地竖在木头上——这武器因此有了一点危险性，否则实在没什么威力。我听见门外有脚步声，立即一把推开门，只见蒙哥马利站在离门不到一码的地方。他想把这扇通往外面的门也锁上！我举起手中带钉子的木棍，朝他的脸打去。他往后一跳。我犹豫了一下，然后转身就逃，拐过房子的一角。"普伦迪克，老兄！"我听见他惊呼，"老兄，别犯蠢！"

假如晚个一分钟，我就会被他锁在房间里，像医院里拿来做试验的兔子一样，准备好迎接命运。他跑过了拐角，因为我听见他在喊"普伦迪克！"的声音。然后他开始追着我跑，一边跑一边喊话。这次我慌不择路，往东北方向跑去，跟之前探险的路线成一个直角。当我冲上沙滩，回头扫了一眼，看见他的仆人也跟着他一起在追。我发了狂似的跑上山坡，越过坡顶，然后拐弯向东，沿着只有石头

---

1. 科玛斯（Comus）指希腊神话中的酒神。科玛斯统治着一座岛屿，路过此地的人喝了他的酒就会变成野兽。"乌合之众"（rout）语出英国诗人约翰·弥尔顿（John Milton）的《酒神：假面诗剧》（*Comus, a masque*），指受科玛斯所害成为野兽的人。

的谷地跑。谷地的两边布满了丛林。我一口气跑了大约一英里，只觉得胸口发紧，心脏扑通扑通的声音格外清晰。我已经处于虚脱的边缘，见蒙哥马利或者仆人的声音没有再传来，于是马上折返，靠着自己的判断往沙滩方向跑，最后躺倒在藤丛的遮蔽处。我在那儿躺了很久，害怕得不敢动弹，甚至不敢去思考接下来的计划。四周荒凉的山野在太阳下安静地熟睡，身边唯一的响声，是几只发现了我的蠓虫在哼鸣。过了一会儿，我察觉到一阵阵仿佛是昏昏欲睡的人发出的呼吸声，原来是海水飒飒地冲刷着沙滩。

一个小时以后，我听见北边远处传来蒙哥马利喊我名字的声音。这使得我开始思考下一步该怎么办。按我的理解，住在这座岛上的，只有那两个做活体解剖的人，以及半人半兽的受害者。毫无疑问，如果有需要的话，他们可以利用一些兽人来对付我。我知道莫罗和蒙哥马利都带着左轮手枪，而我手无寸铁，只有一根没什么用的、只带着一枚小钉子的木棍，就像是钉头锤[1]极其粗糙的仿品。

我一动不动地躺在那儿，一直躺到开始想吃的喝的。一想到这，我才真正意识到自己根本毫无希望。我不知道要如何觅食。我一点也不懂植物，不知道怎样才可以在附

---

1. 钉头锤（mace），中世纪的武器，由长柄和锤头组成，有的锤头带刺。

近找到可能有根茎或果实的地方，更不知道怎样去捕获岛上本就不多的兔子。这样仔细思考了一番，前景变得更加迷茫。最后，在极度绝望之中，我想起了先前撞见的几只兽人。我试图在对它们的记忆中找寻一些希望。我一个一个地回想着，试图从记忆里找出一点它们或许能帮我的蛛丝马迹。

忽然，我听见一只猎犬在狂吠，意识到了新的危险。我想都没想——否则他们就抓住我了——便抄起带钉子的木棍，循着海水的声音，飞快地从藏身之地往海边逃。我记得途中长着一些带刺的植物，像折叠小刀一样扎人。当我从树丛里钻出来的时候，身上在流血，衣服也被划破了。我站在一个小溪口，小溪很长，溪口朝北。我毫不犹豫，径直踏入水中，涉水逆流而上，不一会儿溪水便齐膝深了。最后，我连滚带爬地上了西岸，心跳得很响。我钻进一丛乱蓬蓬的蕨草，等着危险靠近。我听见狗来到了附近的动静（只有一只），在带刺的植物那里大叫，然后便没了声音。片刻之后，我想我已经躲过了一劫。

时间一分一分地过去，寂静在持续。终于，在平安无事了一小时之后，我才重新找回了一点勇气。此时的我没那么害怕和痛苦了，仿佛已经超越了恐惧和绝望的极限。我觉得，我的命跟丢了没什么区别。有了这样的念头，我什么事都做得出来。我甚至有些希望能和莫罗面对面撞上。我想起自己正踩在水里，假如他们穷追不舍，为了免于折磨，我至少还有一条路可以走——淹死自己，他们阻止不了。我已经生起了溺水自杀的心，但终究忍住了，因为我竟奇怪地想对这整段冒险一探究竟。一种古怪、猎奇的兴趣，抑制了我自杀的念头。我伸展了一下被带刺的植物扎得生疼的四肢，环顾周围的树木。忽然，我看见交错复杂的绿植里猛地冒出来一张黑脸，盯着我。我认出来，他正是沙滩上迎接长艇的那只像猿猴一样的生物。他在一棵棕榈树上，抱着倾斜的树干。我握紧木棍，站直了身体面向他。他开始叽里咕噜地说话，不过我能听清的，只有"你、你、你"。突然，他从树上跳下来，敏捷地拨开蕨草，好奇地盯着我。

对于这只生物，我并没有先前遇到其他兽人时产生的那种厌恶。"你，"他说，"在小船里。"他应该算是个人——至少跟蒙哥马利的仆人差不多，因为他能说人话。

"是的，"我说，"我乘小船来的。从那艘大船来。"

"噢！"他说，明亮的眼睛骨碌碌地转。他的目光从我的双手移向我手中的木棍，然后是我的脚、我衣服上的破洞，最后是那些拜刺所赐的伤口和擦痕。他好像有些疑惑，目光又回到了我的双手上，探出脑袋，开始慢吞吞地掰着手指数数："一、二、三、四、五——嗯？"

我当时没有明白他的意思，直到后来才知道，很大一部分兽人双手畸形，有的甚至少了三根手指。我猜他大概是在跟我打招呼，于是也做了类似的动作来回应。他咧嘴笑了，一副心满意足的样子。然后，他又开始用迅捷的目光环视四周，飞快地一跃，不见了踪影。原本他站立的地方，那些被拨开的蕨草嗖地合了起来。

我冲出灌木丛，追了上去，惊讶地发现他正抱着一根藤条，开心地荡着。藤条又细又长，从头顶上方的枝叶里垂下。他背朝着我。

"嘿！"我说。

他一个转身，从藤蔓上跳下来，面朝我站在那里。

"说起来，"我说，"哪儿能找到吃的？"

"吃！"他说，"吃人类的食物了，现在。"他瞥了一眼还在晃悠的藤条。"在小屋里。"

"可是小屋在哪儿呢？"

"噢！"

"我刚来这里，你知道的。"

我话音刚落，他就往后一荡，然后又跳到地下，快速地往前走。他所有的动作都出奇地快。"跟着。"他说。

我跟上去一探究竟。我猜小屋大概是几间简陋的棚子，他和其他兽人住在里面。兴许我会发现他们性格友善，能够理解他们的某些想法。我不知道他们遗忘了多少人类的传统。

这个长得像猿猴的同伴小跑到我身旁，双手下垂，下颌往前伸。我在想他有多少人类的记忆。"你来这座岛多久了？"我说。

"多久？"他问。重复了一遍问题之后，他竖起三根手指。

这生物不比一个傻子聪明多少。我试图理解他的动作是什么意思。现在想来，他好像有点不耐烦了。我又问了一两个问题之后，他忽然从我身边离开，跳着去摘挂在树上的果子。他扯下一把外壳带刺的，剥开来吃。看见这情形，我很开心，至少有能填肚子的东西了。我又试着问了几个问题，虽然他叽里咕噜，回答得很快，却常常答非所问。几个回答还算合理，其余的就像是鹦鹉学舌。

我一心想着这些奇怪之处，几乎没去留意脚下的小路。走了一会儿，我们来到一片林子，树全都烧成了焦褐色；往前是一块荒地，地表结了一层黄白色的壳，四处烟雾弥漫，扑来一阵阵刺鼻、辣眼的气味。在我们右边，越过一块光秃秃的岩石，可以看见蓝色的海平面。小路陡然蜿蜒而下，通向一条狭窄的沟壑，两侧耸立着颜色稍黑的大块火山岩渣[1]，形态曲折，表面光滑。我们纵身跳进了沟壑。

经过反射着刺目阳光的硫黄地之后，这条通道显得极其黑暗。两侧的岩壁越来越陡，逐渐靠拢。满目都是猩红和绿色的斑块。我的领路人忽然停下。"家！"他说。站在这深谷的底部，起初我什么也看不见，只听见一些奇怪的响声。我用左手的指关节揉了揉眼睛。有一股难闻的气味袭来，就像是缺乏清洁的猴笼。前方，岩石又重新出现了豁口，通向阳光明媚、长满绿植的平缓的上坡。两侧的光穿过狭窄的缝隙，刺破沟壑里的幽暗。

---

1. 火山岩渣（scoria），火山熔岩形成的一种岩石。多气孔，密度较小。

第十二章

诵法者

这时，我的手被一个冷冰冰的东西碰了一下，吓得我猛地一跳。我隐约看见身边有个浅粉色的东西，世界上与它最相似的，只能是被剥了皮的小孩。这只生物的长相与树懒一模一样，前额低、动作迟钝，温顺却令人厌恶。

光线发生了急剧的变化，我一下子没适应过来。缓过来之后，周围才看得更清楚了一些。类似树懒的小动物站在那里，盯着我。我的领路人不见了。此处是高耸的火山岩之间的一条狭窄的通道，嶙峋的岩石中的一条裂缝；路两边，有一丛丛苔藓虫、棕榈叶和芦苇叶紧贴岩壁，编织成一个个坚实的、光线都照不进去的黑暗巢穴。小路在巢穴之间穿行，沿沟壑曲折往上，宽不足三码。路上还堆着腐烂的果肉和其他垃圾，使得小路更加崎岖，也难怪这里飘着一股恶臭。

像树懒一样的粉色小动物依旧冲我眨巴着眼睛。为我领路的猿人再次出现，在最近的一个巢穴外示意我往里走。正在这时，一只无精打采的怪兽扭动着身子，从这条小路远处的一个巢穴里钻出来，身影映在明亮的绿色背景里，看不出有什么特征。我犹豫了，有点想往回逃，可又想到我已下定决心要一探究竟，便握紧了带钉子的木棍中段，跟着我的领路人，爬进了那个散发着恶臭的小屋里。

　　那地方呈半圆形，像半个蜂巢，靠着巢穴内侧的石壁堆着椰子之类的各色水果。地上放着一些粗糙的火山岩和木头制的容器。这里没有火。在小屋最黑暗的角落里，坐着乌黑一团的东西，看不清形状，我进来的时候，它低沉地"嘿"了一声。猿人站在光线昏暗的门口，当我爬到另一个角落里蹲下来的时候，他递给我一只掰开的椰子。我接过椰子啃了起来，尽量不出声，心里惴惴不安，巢穴里闷得几乎无法忍受。像树懒的粉红色小动物站在小屋的缝隙上，另一个黄褐色脸庞、眼睛明亮的东西走过来，越过他的肩膀望着我。

　　"嘿！"我对面那神秘的一团叫道，"是个人。"

　　"是个人，"我的领路人急促不清地说，"一个人，一个

人，一个'五人'[1]，像我一样。"

"闭嘴！"黑暗角落里的声音说，还咕噜了一声。在这一片难忘的寂静中，我默默地啃着椰子。

我往那黑暗的角落里仔细瞧了瞧，却分辨不出什么东西。

"是个人。"那声音重复道，"他来和我们住吗？"

声音浑厚，夹杂着一丝哨音——我一听就觉得很奇怪，可是他的英国口音却出奇地标准。

猿人看着我，好像希望我会做些什么。我意识到，此刻的沉默是在等待我的回答。"他来和你们住。"我说。

"是个人。他得学法。"

这时我渐渐分辨出，有一团东西比阴暗的背景黑得更加深沉，看轮廓隐约像弓着背。我发现小屋的入口变得更暗了，原来是多了两颗头的黑影，我不禁抓紧了手中的木棍。

黑暗中的那东西更大声地重复道："念。"可它说的上一句话我没听见。"不四脚行走，这是法。"它像唱诗似的又说了一遍。

我一时摸不着头脑。

"念。"猿人说，然后重复了一遍。门口的众多身影一

---

1. 兽人说的话有许多不符合语法，甚至难以理解，下文会出现更多这样的例子。

同附和，语气里带着一丝威胁。

我反应过来，我得跟着念那句愚蠢的定理。一场荒唐至极的仪式，就这样拉开了序幕。黑暗中的那个声音开始吟诵荒谬的连祷[1]。他逐句吟诵，我和其他人跟着念。其他人念的时候，一齐左右摇晃，奇怪极了，还同时双手拍打着膝盖。我学着他们做这些动作。恍惚中，我觉得自己已经死了，来到了另一个世界。这间黑暗的小屋，这些恍惚的身影，在闪烁的微光中斑驳明灭。大家一边整齐划一地来回摇摆，一边唱道：

不四脚行走，这是法。我们不是人吗？

不吮吸饮水，这是法。我们不是人吗？

不食鱼或兽，这是法。我们不是人吗？

不抓挠树皮，这是法。我们不是人吗？

不追赶人类，这是法。我们不是人吗？

一开始，只是禁止这类愚蠢的行为，可后来就延伸至禁止一个人所能想到的最荒唐、最不可能发生、最有伤风

---

1. 连祷（litany），在基督教的祷告仪式开场时，教职人员需念诵祷文，通常篇幅较长。

化的事情。大家仿佛都燃起了一种跟着节拍的狂热，嘴里叽里咕噜，身体摇摆得越来越快，跟着念令人惊叹的法条。我表面上似乎被这些野兽感染了，但内心深处，嘲笑与厌恶无法平息。在念完一长串禁令之后，吟诵的内容开始转向新的定理。

他是痛苦之屋。

他的手是创造之手，

他的手是伤害之手，

他的手是治愈之手。

说完这段，又是另一长串我无法理解的关于"他"的胡言乱语，也不知道"他"是谁。我差点觉得这只是一个梦境，但我从未在梦里听过吟诵。

"他是闪电，"我们唱道，"他是深而咸的海。"

我的脑海里忽然闪过一个可怕的猜想：莫罗将这些人改造成兽人之后，也给心智发育不良的他们洗了脑，将自己神化。但是，我非常清楚，自己正被那些白晃晃的尖牙和强有力的爪子围绕，不敢因为那个猜想就停下吟诵。

"他是天上繁星。"

歌终于结束。我看见猿人的满脸汗珠，闪闪发光。此时，我的眼睛已经适应了黑暗，能更清楚地看见在角落里说话的那个身影。它身型大小与人相似，但身上像凯斯梗[1]一样覆盖着浅灰色的毛发。它究竟是什么？周围的这些究竟是什么？你可以想象一下，我被最骇人的跛子和疯子团团包围，或许就能稍微理解我被这些乖戾荒谬、丧失人性的生物围绕的心情。

"他是一个'五人'，'五人'，'五人'——跟我一样。"猿人说。

我伸出双手。角落里灰色的动物往前探过身来。

"不四脚奔跑，这是法。我们不是人吗？"他说。

他伸出一只扭曲得很奇怪的爪子，勾住我的手指。那爪子像是鹿蹄变成的。我吓了一跳，被抓得生疼，几乎要喊出来。他来到小屋入口的光亮中凑近了脸，仔细端详我的指甲。我不禁厌恶得一阵战栗，它的脸既不像人类，也不像兽类，完全是一整团浓密的灰色毛发，只有三道弧线投下阴影，标志着双眼和嘴巴。

"他的指甲很小。"这只须发旺盛的恐怖动物说，"不错。"

他甩开我的手，我本能地握紧了木棍。

"吃根茎与草叶，这是他的意旨。"猿人说。

---

1. 凯斯梗（skye terrier），原产于苏格兰高地的犬种，毛发长而浓密。

"我是诵法的人。"灰毛的身影说，"所有新来的都要在这里学法。我坐在黑暗里诵法。"

"这样才公平。"门口的其中一只野兽说。

"破坏法的人，必受严惩。没人能逃。"

"没人能逃。"兽人们一边说，一边互相偷偷瞥了一眼。

"没人，没人，"猿人说，"没人能逃。听着！我曾经做了一件小事，一件错事，就一次。我叽里咕噜，叽里咕噜，话说不清楚。没人能懂。我烧伤了，手掌烙印。他是伟大的。他是好的！"

"没人能逃。"灰毛的动物在角落里说。

"没人能逃。"兽人们一边说，一边互相投去满是疑虑的目光。

"对每个人来说，想要那样是不好的。"诵法者说，"你想要做什么，我们不知道；我们会知道的。有些想尾随移动的东西，想监视、跟踪、盯梢、跳跃，想捕杀、撕咬，想狠狠地咬一大口，想吸血。这些都不好。'不追赶人类，这是法。我们不是人吗？不食鱼或兽，这是法。我们不是人吗？'"

"没人能逃。"站在门口的一只长着斑纹的野兽说。

"对每个人来说，想要那样是不好的。"诵法者说，"有些想用爪牙去撕扯根茎，想贴着地面闻气味。这是不好的。"

"没人能逃。"门口的兽人重复道。

"有些去爬树，有些去扒死人的坟；有些用前额、脚或爪子打架；有些不论是什么情况，张口就咬；有些喜欢污秽。"

"没人能逃。"猿人挠着小腿后侧说。

"没人能逃。"像树懒的粉红色小动物说。

"惩戒是严厉的，没有商量的余地。所以要学习法。念。"

他没有停下来的意思，又开始念诵洋洋洒洒的奇怪信条，我和所有的动物，再一次开始吟唱、摇摆。喋喋不休的念诵，还有这闷热的巢穴里散发出的恶臭使我头晕目眩。但我没有停下，相信不久后或许会有转机。

"不四脚行走，这是法。我们不是人吗？"

我们的声音太响，以至于我都没注意到外边的骚动，直到一个身影——我觉得是我之前见过的那两个猪人之一——从像树懒的粉红色小动物上方，把头挤进来，激动地叫喊着。它叫了什么我倒是没有听见。小屋入口处的兽人们一听见，便跑得不见了踪影。猿人冲了出去，坐在黑暗里的东西也跟了出去——它体型很大，行动笨拙，全身覆盖着银色的毛发——留下我一个人。没等我走到缝隙边，就听见了猎犬的狂吠。

我赶紧来到小屋外边，站在那儿，手里依旧握着椅子扶手，每一寸肌肉都在颤抖。我前面有大约十二只兽人，背对着我。它们的脊背很别扭，畸形的头有一半缩在肩胛骨里。它们在激动地比画着。从其他巢穴里，也探出半人半兽的脸庞，不解地盯着。顺着它们注视的方向，我看见在巢穴间小径的尽头，树丛间的薄雾里，浮现出一个黑色的人影——那可怕又苍白的脸，正是莫罗。他牵住跳跃的猎犬，身后紧跟着拿左轮手枪的蒙哥马利。

一时间我站在那里，惊恐万分。等我转过身，却看见后面的路也被另一头野兽堵死了。它有灰色的大脸，小眼睛一闪一闪，朝我走来。我看了看四周，发现离我六码远的右边岩壁上，有一条窄缝，一道光从那里透进来，斜着照在阴影里。

"站住！"我正朝那窄缝大步走去，莫罗见状喊道，"抓住他！"

他一声令下，一张脸转向了我，然后其他脸都跟着转了过来。幸好他们是野兽的心智，反应很迟钝。一只笨拙的怪物转过头去看莫罗说了什么，我用肩膀猛地撞向它，他一个趔趄，摔向了另一只怪物。他的双手扬到半空中，似乎是想抓住我，却没有成功。类似树懒的粉红色小动物向我冲来，我用手中带钉子的木棍，在它丑陋的脸上划出了一道伤口，随即爬上一条陡峭的岔路，就像钻进了一管倾斜的烟囱，逃向沟壑外面。我听见后边传来一声号叫，以及"抓住他！"的呐喊声。"抓住他！"那只灰脸的动物出现在我身后，将庞大的身躯往石缝里挤。"追上去！追上去！"他们喊着。我顺着岩石间的窄缝往上爬，终于钻了出来，来到了兽人村落西边的硫黄地上。

这条缝对我来说实在是天大的运气。一定是这向上倾斜的窄烟囱，挡住了越来越近的追军。我跑过那片白色的地带，跑下一条陡坡，穿过散布在周围的几丛树，来到一处洼地，那里长满了高高的芦苇。我钻过藤丛，冲进一片昏暗、茂密的灌木。灌木是黑色的，踩在脚下丰美多肉。我冲进藤丛的时候，追在最前面的几个兽人从石缝里钻了出来。我拨开丛丛灌木，过了好几分钟才跑出来。很快，身后和四周传来充满威胁的叫喊。我听见追军爬上斜缝时发出的骚动，然后是芦苇被压倒的声音，不时还有噼里啪啦树枝折断的声音。几只兽人咆哮着，兴奋得像追捕猎物的猛兽。猎犬在左边狂叫，莫罗和蒙哥马利在同一个方向大喊。我立即右拐，恍惚间甚至听见蒙哥马利在喊着叫我赶紧逃命。

过了一会儿，脚下的地变得肥沃、湿软，但我顾不了那么多了，径直地往里面冲。我艰难地蹚过齐膝深的泥，来到了一条在高高的藤草之间蜿蜒的小路上。左边，追军的响动渐渐轻了。我跑到一处地方，三只奇怪的粉红色动物蹦蹦跳跳地从我的跟前飞快地跑过。小路通往山上，穿过另一片结了白壳的空地，然后又往下插入藤丛里。接着，小路一个急转，平行的方向毫无征兆地出现了一条石壁陡峭的裂缝，就像是英国公园里的那种隔离沟[1]。这一个弯转得非常突然，我完全没有预料到，正拼尽全力往前跑，直到整个人一头扑空，才发现有一条裂缝。

我的小臂和头先着地，摔在了荆棘丛里。站起来的时候，耳朵已经被划出了一道口子，脸上流着血。我摔进了一条两壁陡峭的沟里。这里布满了岩石和荆棘，一缕缕迷雾在我四周弥漫。一股狭窄的细流沿着沟壑中间逶迤而下。雾气就是从水流上漫开来的。我很惊讶，这大白天里，居然会出现这样的薄雾，可我没时间驻足思考。我转向右边，沿着下游走，希望能顺着这个方向走去海边，那样就能淹死我自己。后来我才意识到，当我在摔进沟里的时候，把带钉子的木棍丢了。

走了一会儿，有一段沟壑变得越来越窄，我一不小心踩进了小溪。我赶紧跳了出来——水几乎快沸腾了。我发现这盘绕的溪水里，有一层薄薄的硫黄浮渣。就在那时，

---

1. 隔离沟（ha-ha），指在农场或公园里挖出来的沟，一侧有矮墙，通常用来标志界线或防止牲畜逃跑。

沟壑拐了个弯，前面隐隐约约能看见蓝色的天际线。大海离我越来越近，在太阳下闪着无数的光点。我看见死亡就在前方，但我又热又喘，温热的血从脸上渗出来，同时也舒适地在血管里流淌。想到自己甩了追军，我感到的开心不止一点。我还不想逃出去淹死自己。我转头凝望着逃来的路。

我侧耳听。除了小飞虫的嗡嗡声和在荆棘丛间东蹦西跳的小昆虫的唧唧声，空气完全是寂静的。接着传来非常微弱的狗叫声、一段急促又模糊的话、鞭子的啪啪声，还有不同人的说话声。这些声音越来越响，后来又轻了下去。嘈杂声朝上游远去，渐渐消失。

虽然追捕告一段落，但我现在明白了，兽人帮助我的希望能有多少。

第十三章
和谈

　　我再次转身朝大海走去。热水溪逐渐拓宽，通向一片长着杂草的浅滩。我的脚一踩在沙滩上，就有许多螃蟹和一种身体细长且多足的动物惊得从沙子里跑出来。走到咸水边后，我才觉得自己应该是安全了。我回头，两手叉腰，凝望着后方郁郁葱葱的绿植。雾气氤氲的沟壑从中切过，仿佛一道冒烟的伤口。但是，正如我说的，我实在太激动了，甚至为了活下来，我愿意孤注一掷（老实说，那些没有经历过危险的人可能不会相信）。

　　我忽然想到，我或许仍有一线生机。当莫罗、蒙哥马利以及他们的兽民们满岛追捕我的时候，也许我可以绕过海滩，回到他们的院子——也就是从岛的侧翼抄过去，然后，没准可以从松垮的墙上拽出一块石头，砸开小门的锁，看看能找到什么（刀、手枪之类的），等他们回来，跟他们一拼。不管怎样，值得一试。

于是我拐向西边，沿着水边走。落日的光照进我的眼睛，灼热、刺目。一股小小的来自太平洋的浪潮往沙滩上涌来，泛起轻微的波纹。走了一会儿，海岸线延伸向南而去，太阳已经来到了我的右手边。忽然，在前方远处，我看见好几个身影接二连三地从灌木丛里出来——是莫罗，牵着他灰色的猎犬，然后是蒙哥马利，还有另外两个人。这时我停下了脚步。

他们看见了我，打着手势向我走来。我站在那儿，看着他们越来越近。两只兽人跑在前面，切断了我到内陆灌木丛去的路线。蒙哥马利也跑了过来，却是径直向我而来。莫罗和猎犬在后面，走得慢一些。

我终于从无动于衷里惊醒，转身径直往海水里走去。一开始，海水很浅，走了三十码，海浪才及腰。我隐约能看见栖息在潮间带[1]的动物飞快地从我脚下逃开。

"你在干什么，老兄？"蒙哥马利喊道。

我转过身，站在齐腰深的水里，盯着他们。蒙哥马利气喘吁吁地站在水边。他的脸累得鲜红，亚麻色的长发吹

---

1. 潮间带（intertidal），指涨潮至最高位时被淹没，退潮时露出水面的地带。

得四散，耷拉的下唇里露出参差不齐的牙齿。莫罗刚刚追上来，脸色苍白，表情坚定，手里牵着的猎犬朝我大叫。他们两个都握着很粗的鞭子。远处的沙滩上，兽人们正盯着我们看。

"我在干什么？我要淹死自己。"我说。

蒙哥马利和莫罗看了对方一眼。"为什么？"莫罗问。

"死也好过受你折磨。"

"我早说过了吧。"蒙哥马利说，然后莫罗低声说了些什么。

"是什么让你觉得我要折磨你？"莫罗问。

"我看见的东西，"我说，"和那些——远处那些……"

"嘘！"莫罗说，举起一只手示意。

"我就要说。"我说，"他们曾经是人，可现在是什么？我无论如何都不想变成他们那样。"

我朝他们身后望去。沙滩上站着蒙哥马利的仆人梅林，以及一个随长艇来的裹白布的野人。更高更远处的树荫下，我看见了我那小小的猿人，他身后还有一些模糊的身影。

"这些动物是谁？"我指着他们，提高了音量，兽人也许能听见，"他们曾经是人，和你们一样的人。你们让他们沦为野兽，奴役他们，可你们依然害怕他们。""你们听着！"我指向了莫罗，越过他们向兽人喊道，"你们听着！

难道没发现这两个人也怕你们吗？一路走来都对你们心存恐惧？既然这样，为什么还要怕他们？你们有许多——"

"看在上帝的分上，"蒙哥马利喊道，"住口，普伦迪克！"

"普伦迪克！"莫罗也喊道。

他们两个一起大叫，像是要盖过我的声音。他们身后，注视着这边的兽人低下了头。他们畸形的双手下垂，肩膀弓着。我猜，他们应该是想努力理解我说的话，想回忆起作为人的过去。

我接着喊，不过不太记得自己喊了什么，可能是"莫罗和蒙哥马利没什么好怕的，完全可以杀了他们"之类的。给兽人的脑袋里灌输这些思想，可能一时接受起来会有压力。有个裹着深色破布的绿眼睛的人从树丛里走了出来，其他人跟在后面，想听得更清楚些。终于，我喘不过气来，停下歇息。

"先听我说，"莫罗用沉稳的声音说，"然后你可以畅所欲言。"

"嗯？"我说。

他咳嗽了一声，然后喊道："用拉丁语，普伦迪克！我说得不好，学生水平的拉丁语，你试着理解一下。他们不是人，我们活体解剖的是动物。一个把它们变成人的过程。我会解释的。到岸上来。"

我笑了。"故事说得好听，"我说，"他们能交谈，能造房子。他们以前明明就是人。我怎么可能会乖乖上岸。"

"你再往前一点儿，水就很深了——还有很多鲨鱼。"

"那正合我意，"我说，"马上就能死个痛快。"

"等一下。"他从口袋里掏出了一个反射着阳光的东西，丢在脚边。"这是把上膛的左轮手枪，"他说，"蒙哥马利也会照做。我们现在往沙滩里退，退到你觉得距离安全为止。你来捡我们的手枪。"

"我不要！你们谁一定还有第三把。"

"我想要你仔细想想，普伦迪克。首先，我从没叫你到这座岛上来。如果我们对人做活体解剖，我们应该往岛上运人，而不是运动物。其次，如果我们想对你图谋不轨，昨晚就已经下药了。再次，你现在已经没一开始那么恐慌了，可以想一想，蒙哥马利会是你想的那种人吗？我们追你，是为了你好。这座岛上有许多危险。另外，既然你都主动淹死自己了，我们为什么想要开枪打你呢？"

"我在小屋里的时候，你为什么派兽人来攻击我？"

"我们有把握抓住你，带你脱离危险。后来我们没有跟着气味找，也是为了你好。"

我认真地思考着，他的解释听起来似乎也有可能。然而我又想起来一件事情。"但是我看见，"我说，"院子里——"

"你看见的是那只美洲狮。"

"听着，普伦迪克，"蒙哥马利说，"你真是个笨蛋！快到岸上来，来拿手枪，然后我们聊聊。我们现在什么也做不了。"

我不得不承认，我那时，甚至一直以来，都不信任莫罗，并且十分害怕他。但蒙哥马利是我觉得能够理解的一个人。

"再往沙滩高处走，"我想了一会儿后说，然后补了一句，"举起你们的双手。"

"不能那么做，"蒙哥马利说，然后朝肩膀后边点了点头当作解释，"会丢了威严。"

"那就退到树林里，"我说，"照你的意思。"

"这样做真的没什么必要。"蒙哥马利说。

两人转过身，面朝那六七只畸形的生物——它们真切地站在阳光下，投下了影子，摆动着肢体，却给人不可思议的不真实感。蒙哥马利朝它们挥了一鞭子，它们立马一齐转身，慌慌张张地逃到树林里去。当我觉得蒙哥马利和莫罗退得足够远了，才蹚回岸上，拾起手枪仔细检查。为了保证没有诈，我朝着一块岩浆岩开了一枪，石头被炸得粉碎，沙滩上溅满了铅石，才放心了一些。但我还是犹豫了片刻。

"我就来冒这个险。"我最后说，两只手各握着一把枪，朝着他们往沙滩高处走去。

"这样还差不多。"莫罗毫无感情地说，"但其实，你该死的幻想，已经浪费了我大半天的时间。"然后，他和蒙哥马利带着一点羞辱我的轻蔑神态，转身往前走，一句话也没有说。

那一群兽人躲在树林里，依旧在好奇究竟发生了什么。我尽量镇定地走过它们。其中一只还跟着我走，但蒙哥马利啪地一甩鞭子，它又退了回去。其他几只默不作声地站在那里，看着我们。它们也许曾经是动物，但我从未见过动物想要思考。

第十四章

莫罗博士的解释

"现在，普伦迪克，我来解释一下。"我们一用餐完毕，莫罗博士便开口说道，"我必须坦白，你是我招待过的最自以为是的客人。我警告你，这是我最后一次迁就你。下次你再拿自杀来威胁我做任何事，我不会再妥协——即便我会有更多麻烦。"

他坐在我的躺椅上，白皙、灵巧的手指间夹着一根烧了一半的雪茄。摇曳的灯光投在他的白发上。他凝望着小窗外的星光。我坐得离他尽可能地远，中间隔了一张桌子，双手还握着手枪。蒙哥马利不在场。我不想和他们两个人同时待在这样的小房间里。

"你现在承认，那个你先前认为被活体解剖的人，其实是美洲狮吧？"莫罗说。这之前，他让我进里屋，去看了那个恐怖的场景，好亲眼确认那不是人。

"是美洲狮，"我说，"还活着，但已经遍体鳞伤，残缺不全——真希望我再也见不到活物的皮肉。所有令人厌恶的——"

"省省吧，"莫罗说，"至少别再怕得跟小孩似的。蒙哥马利以前也是这样。你现在承认那是美洲狮了，那么就请你安静，让我一次讲完我的生理学课。"

就这样，他开始解释他的研究，一开始语气非常不耐烦，后来缓和了一点。他说话很直接，也很容易让人信服，语调间或有些讽刺。听了一会儿，我便为我们的敌对感到羞愧，脸上发烫。

我看见的生物不是人，从来都不是。它们是动物，被赋予了人类特征的动物，是成功的活体解剖案例。

"你先别想一个精通活体解剖的人能对活生生的动物做些什么。"莫罗说，"就我自己而言，我很奇怪为什么我在这里做的事情，以前竟然没有人做过。当然啦，有费一些小小的力——截肢、切割舌头、手术切除。你应该知道手术会引发或治疗斜视，对吧？在切除手术里，就有各种继发性的变化，比如色素的失调、情感的改变、脂肪组织分泌的变化。我相信你听过这些？"

"当然，"我说，"但是你的这些丑恶的生物——"

"时机还没到。"他一边说，一边朝我摇了摇手，"我才刚起步。这些都是很小的改变。手术能实现的，不止这些。有拼装，也有分割和改动。你或许听说过鼻子受伤时的一种常见的手术方法：从前额切一块皮肤，放到鼻子上，让鼻子愈合。这其实是一种移植，在动物身体上移动固有器官的位置。从另一个动物的身体上切下某个部分，马上拿来移植，也是有可能的，例如牙齿。通过移植皮肤和骨头来加速愈合，都有先例——医生从其他动物身上剪下几块皮肤，或是从刚死的动物身上取下骨头的碎片，敷在伤口中间。亨特的鸡距——你或许听说过——在公牛的脖子上长得很好。[1]阿尔及利亚轻步兵量产的怪物'犀牛鼠'，把老鼠的尾巴尖转接到了老鼠的嘴上，让它在新的位置愈合。[2]"

"量产的怪物！"我说，"你是想告诉我——"

"是的。你看见的那些生物，是经过精雕细琢的动物。我的一生都倾注给了这项事业，研究如何重塑生物。我已经研究了数年，一路摸索，一路增长新知。我注意到，你看起来很害怕，但我告诉你的，并非我凭空创造。这早

---

1. 指苏格兰医生约翰·亨特（John Hunter, 1728 — 1793）做的移植手术。鸡距指雄鸡的后趾。

2. 阿尔及利亚轻步兵指 19 世纪上半叶法国殖民时期阿尔及利亚的轻步兵，效力于法国军队。"犀牛鼠"应指移植后的老鼠形似犀牛，但这一案例难以考证，或为虚构，或为莫罗有意杜撰。

在几年前，就已经是实地解剖学中一个显而易见的课题，可是没人有足够的胆识去碰。我不仅能改变动物的外形，还可以使它的生理构造、体内的化学机制发生永久的变化——就像是用活体或灭活后的疫苗来接种，我相信你一定熟悉这个。类似的手术还有输血——我的研究确实也是从这个课题开始的。这些例子你都清楚。相比之下你可能不那么了解但有更多实例的，是中世纪的行医者创造的畸形秀演员，比如侏儒和跛足的乞丐。如今年轻的江湖艺人或者柔术演员，在小时候被改造过身体，这些过程依旧保留着中世纪医术的影子。维克多·雨果在《笑面人》里写过这些人。[1] 说到这里，我的意思应该已经很明白了。你现在知道，将一只动物的某个部位的身体组织移植到另一个部位，或者甚至移植到另一只动物身上，改变动物身体的化学反应和生长方式、改造肢体的关节，使它们最精微的构造发生变化，这些都是有可能的。

"但是，一门如此绝妙的学科，当代研究者却从未将其作为一个领域来做系统的探究，直到我将它重拾！类似的

---

1. 法国作家维克多·雨果（Victor Hugo, 1802 — 1885）在发表于 1869 年的小说《笑面人》（*L'homme qui rit*）中写道，人贩子通过手术改造了男孩的容貌，使他成了永远微笑的小丑。

做法，只有手术走到万不得已的地步，才有过尝试。你能想到的比较直接的例证，大多是意外所致，实践的人包括暴君、罪犯、马或狗的饲养员等，三教九流的都有，缺乏训练、技术粗糙，只是为了达到一时的目的。我是第一个利用无菌外科手术来研究这个问题的人，对生长规律有非常科学的理解。但是可以想象，这种事一定有人已经偷偷实践过，比如分割暹罗双胞胎 [1]，以及异端审判 [2]——审判里这样做，毫无疑问是为了让酷刑更富艺术感，但肯定也有一些审判员会对其中的医学知识感到好奇。"

"可是，"我说，"这些东西——这些动物会说话！"

他说，就是这样没错，接着指出，活体解剖能做到的，不仅仅是改变形态。猪也可能被教化。与身体结构相比，心理结构更没那么绝对。随着催眠术科学不断进步，我们发现用新的心理暗示取代旧有的与生俱来的本能，将新的想法嫁接到固有的思想上，或者直接取代，都是非常有可能的。我们所谓的道德教育，他说，很大程度上其实是对

---

1. 暹罗双胞胎（Siamese Twins），指 1811 年在暹罗（今泰国）诞生的一对连体男婴，但当时的医学技术无法将两人分离，于是两人一起生活了。"暹罗双胞胎"也成了连体婴儿的代名词。
2. 异端审判（Inquisition），指天主教会设立宗教裁判所，对认为是异端的人进行监禁、施刑和处决，从中世纪开始出现。

本能的一种人为改变和扭曲——好斗的天性被训练成英勇无畏的自我牺牲，压抑的性欲成了宗教情感。人类和猴子的一大区别是喉头，他继续说道。猴子的喉头无法发出细微差异的音符来传达思想。他说的这一点，我并不同意。但他很不礼貌地无视了我的反对。他又说，就是这样没错，然后继续讲述他的研究。

我问他为什么要将人类的形态作为样板。这种选择，在我当时看来，甚至现在依然觉得，有种古怪的邪恶。

他坦承，选择人形其实是出于偶然。"我也可以把绵羊变成美洲驼，把美洲驼变成绵羊。我想，与其他动物的形态相比，人类的形态能塑造出更强烈的艺术感吧。不过，我并没有拘泥于制造人形。有一两回——"他沉默了大约一分钟，"这些年！一晃就过去了！看看现在，我已经浪费了一天时间去救你，此刻又浪费一个小时来解释我自己！"

"可是，"我说，"我还是不明白。你给它们带去那么多痛苦，这你又该怎么解释？在我看来，活体解剖唯一正当的理由，是为了应用——"

"正是，"他说，"但是，你看，我的观念组成和你不一样。我们的立脚点不同。你是个物质主义者。"

"我可不是物质主义者——"我激动地反驳。

"在我看来——在我看来是。我们的区别只不过在于如何看待痛苦。无非是看得见、听得见的痛苦让你生病，无非是你的各种痛苦驱使了你，无非是痛苦支撑起了你主张的罪，无非是——我跟你说，你就是动物，不要把动物的感受想的那么神秘。这点痛苦——"

面对他的诡辩，我不耐烦地耸了耸肩。

"噢，多么不值一提！一个人只要真的对科学可以教给他的东西不抱偏见，就一定能明白这点痛苦只是小事。或许，除了在这颗小小的行星上，在这一粒宇宙的尘埃里，除了这一个在最近的恒星照到它之前甚至连看都看不见的地方——我是说或许，其他地方根本不存在痛苦这种东西。可是，我们摸索着追寻的法则，甚至只是在地球上、在生灵之间的法则，就一定要跟痛苦扯上关系吗？"

他一边说，一边从口袋里掏出一副折叠小刀，拉出比较小的那片刀，接着把椅子移了过来，让我看见他的大腿。随后，他不慌不忙地选了一个位置，将刀插进腿里，然后拔了出来。

"这个，"他说，"你之前肯定也见过。一丁点也不痛。但这证明了什么？肌肉并不需要感知疼痛的能力，也并没有这个能力。皮肤才有，但不怎么需要。整条大腿只有那么几处能感到疼痛。疼痛不过是我们体内天生的医学顾问，用来警告我们，刺激我们。不是每一块活肉都会痛；不是每一根神经，甚至不是每一根感觉神经，都能感受到痛。视觉神经没有痛感——真正的痛感。如果你的视觉神经受伤，你只会看见一些光的闪影。就好像听觉神经受损，只会让耳朵里嗡嗡响。植物感受不到疼痛，低等动物也感受不到。海星、淡水鳌虾之类的动物，可能根本没有痛觉。至于人类，他们的智慧越发达，就越能照顾好自身的安危，越不需要外界的刺激来远离危险。我从没有听说过，一个没用的东西不会在进化中被淘汰，迟早罢了。你呢？疼痛就是渐渐不再需要的东西。

"我有信仰，心智正常的人一定会有。我想，或许我看见的这世界的造物主的道，比你看见的要多得多。因为我已经在用自己的方式，穷尽半生，追寻着他的法则，而你，据我的理解，不过是在收集蝴蝶。而且我告诉你，快感和痛苦跟天堂或者地狱一点关系也没有。快感和痛苦——呸！你的神学家所谓的狂喜，不过是迷幻中穆罕默德的天堂女神？[1]男男女女们觉得快感和痛苦如此重要，恰恰是兽性的印记，是他们的野兽本源所留下的印记！痛苦，痛苦

---

1. 狂喜（ecstasy），指基督教的一种宗教体验，信徒丧失外部意识，进入一种极度愉悦的状态。天堂女神（houri）指伊斯兰教中，虔诚的男性教徒进入天堂后，真主赐予其的处女。

和快感，只有在我们挣扎着入土之前才存在。

"你看，我做的研究，都是顺其自然。这是我听说过的，推动真正的研究的唯一法门。我提出问题，设计某种方法来获取答案，然后提出新的问题。这是可能的吗，那是可能的吗——你无法想象这对于一个研究者来说意味着什么，无法想象他身上燃起了对知识怎样的热忱！这种古怪的对知识的渴望，这种没有颜色的快乐，你无法想象！你面前的东西不再是一只动物，一只和你一样的生物，而是一个科学问题！因为同情而想象出来的痛苦——我只记得，我几年前被这种东西折磨过。但我的渴望，我唯一的渴望，便是找到活体可塑性的极限。"

"可是，"我说，"这东西让人恶心——"

"直到今天，我从没有纠结过这件事的伦理，"他继续说道，"对自然的研究，最终会让一个人变得和自然一样不知悔恨。我孜孜求索，除了想追寻答案，什么也不管，研究的材料，都滴进了那些小屋里。[1]我们到这里整整十一年了，我，蒙哥马利，还有六个肯纳卡人[2]。我现在还记得这

---

1. 此处莫罗将用于研究的动物比作化学药剂，每一次化学实验结束，药剂都滴落到容器中。莫罗并不关心研究出来的东西，只在乎研究本身。
2. 肯纳卡人（Kanakas），夏威夷的原住民。

座岛安详的绿色，还有环绕我们的空荡荡的大海，仿佛就在昨天。这地方就像是一直在等着我来似的。

"我们往这里运送物资，建造房屋。肯纳卡人在山谷附近搭了一些小屋。我用带过来的东西做研究。一开始有些不尽如人意。我从一只绵羊开始做实验，结果一天半后，它死在了一把手术刀下。我又换了一只，结果造出来的东西又痛苦又害怕。我将它包扎起来，等它痊愈。刚造出来的时候，它看起来非常接近人类，但后来我再去看它，却不是很满意。它记得我，惊恐到你无法想象。它的心智已经不再是一只绵羊的心智了。我越看它，越觉得它笨拙别扭，最后我帮这个怪物脱离了苦难。这些动物缺乏勇气，被恐惧纠缠，被痛苦支配，没有一点直面折磨的要强的精神，对造人没有半点用处。

"然后我找来一只猩猩，带着极致的细心，克服了一个又一个困难，终于造出了第一个人。一整个星期，我日以继夜地改造它。对于猩猩来说，需要改造的主要是大脑，要加很多东西，调整很多东西。手术完成的时候，我觉得它像极了一个黑人的标本。它躺在我面前，裹着绷带，全身上下都绑着，一动不动。直到确认它没有生命危险了，我才从它身边离开，来到这间房里，当时的蒙哥马利跟现在的你差不多。他听见了几声叫喊，那时候猩猩已经慢慢变成了人——就像之前让你不安的那些叫喊一样。一开始我并没有跟他吐露实情，因为不确定他是否能守口如瓶。那几个肯纳卡人也是，多少察觉到了一点。他们看见我以后，几乎吓疯了。我说服了蒙哥马利——算是吧。但是，为了阻止肯纳卡人逃走，我和蒙哥马利真的是费尽了力气。最终，有几个还是逃走了，偷走了我们的小帆船。我花了好多天来教育那个野人——前前后后有三四个月。我教了它一些基本的英语，让它知道怎么数数，甚至还让它念字母表。但是它这方面很迟钝，不过我倒也见过一些更迟钝的笨蛋。它的心智是一张白纸，完全不记得自己之前是什么。它的伤口愈合得差不多了，只是有些疼痛和僵硬，并且学会了交谈，我将它带出去，把这个有趣的'偷渡者'介绍给肯纳卡人。

　　"不知道为什么，他们一开始很怕它。这冒犯到了我，因为我对它引以为傲。不过，它行为很温顺，又一副可怜兮兮的样子，所以他们很快就接纳了它，开始接手它的教育。它学得很快，模仿和适应能力很强。在我看来，它搭的小屋比肯纳卡人搭的那些棚屋都要好得多。肯纳卡的小伙子里有一个类似传教士的人，教它阅读，或者说是一个字母一个字母地读，还教给它一些基本的道德观念。但是，这只畜生养成的习惯似乎也并未达到我们的期望。

"在改造了它之后，我休息了几天，停下手上的工作，打算将整件事写下来，给英国的生理学界一记当头棒喝。结果，我偶然撞见那只动物蹲在树上，朝着两个捉弄它的肯纳卡人咿咿呀呀。我训斥了它，告诉它那样做是不符合人性的，使它心生羞耻。我回到屋子里，下定决心，等做出更好的成绩，再将研究成果带回英国。我做得越来越好，可不知为何，这些东西总会往回退化：那顽固不化的野兽血肉一天又一天地长回来了。但是，我依然想要造出更好的来。我想要战胜这个困难。这只美洲狮——

　　"不过，故事就是这样了。肯纳卡的小伙子都死了。一个从长艇上摔到了海里；一个脚后跟受了伤，不知怎么地沾上了植物的汁液，中毒死了。还有三个乘着小帆船走了——我猜，我希望他们也淹死。剩下的一个，被杀了。哎，我找到了顶替他们的人。蒙哥马利一开始也想做你想要做的事，后来——"

　　"剩下的那一个，怎么回事？"我打断他问道，"那个被杀的肯纳卡人？"

　　"事实上，在造了一些动物人之后，我还造出来一个东西。"他语气有些遮掩。

　　"嗯。"我说。

　　"它已经被杀掉了。"

"我没有明白，"我说，"你是说——"

"没错，它杀了那个肯纳卡人。它捉了好几只东西，都杀了。我们搜捕了两三天。它是因为意外才逃出去的——我从没打算将它放出去。它还没有塑造完成，纯粹是个实验品。它没有四肢，脸很恐怖，像蛇一样贴着地面扭动前行。它力气很大，疼痛让它更加怒不可遏。我们开始追捕它的时候，它已经在树林里潜伏了几天。然后，它爬到了岛的北边，我们分头包抄，蒙哥马利坚持要跟着我。肯纳卡人有一杆步枪。当我们找到他尸体的时候，一根枪管已经扭曲成了 S 形，几乎被咬穿。蒙哥马利开枪把它打死了。从那以后，我严格按照理想的人来改造动物——除了一些小的方面。"

他沉默了。我也不说话，坐在那里，看着他的脸。

"算上在英国的九年，这二十年来，我的研究一直在推进。可每当我做成了什么，依然会有那么一点东西给我挫败，令我无法满意，促使我继续努力。有时我做得超出自己的水平，有时又技艺失常，但与我心中所想的相比，总是差了点什么。人类的外形，我现在能做得八九不离十了，几乎是游刃有余。我可以把一只动物塑造得柔韧优雅，或魁梧强壮，但手和爪子会麻烦些——这些讨厌的部位。给这些地方整形的时候，我不敢放开去做。不过真正麻烦的，是对大脑精微的移植和塑形。兽人的智力通常很低，会出现无法解释的茫然、出人意料的隔阂。当中最难令人满意的，是一个我摸不着的东西。它藏在情感所居之处的某个角落里——我也不确定在哪儿。渴望、本能、损害人性的欲望，都在这个诡异而隐秘的泉眼之中。它会骤然喷发，使愤怒、仇恨或恐惧泛滥至兽人的全身。我造的这些生物，你一看就会觉得古怪、神秘。但在我眼里，它们在刚被造出来的时候，看起来就是人，毋庸置疑。直到后来，等我开始观察它们，才越来越不确信。动物的本性，一处接一处，不知不觉地浮出表面，直勾勾地盯着我。但我会解决的！每当我将一只活物浸入烈火般的痛苦之中，我会说：'这一次，我要烧尽动物的痕迹；这一次，我要造出一只属于我自己的理性动物！'毕竟，十年算什么？人类进化用了十万年。"他沉思着，表情捉摸不透。"但我离不会消退的人性越来越近了。我的这只美洲狮——"他沉默了一会儿，接着说，"它们还是会回归本性。我的手一离开它们，它们就开始悄悄地退化，开始扶正本性。"说完他又沉默了很久。

"然后你就把造出来的生物丢到那些小屋里去？"我说。

"它们自己去的。我一看到它们的兽性显露出来，就把它们赶出去，它们自己游荡到那边去。它们都害怕这座房子，怕我。那里的生物在拙劣地模仿着人类。蒙哥马利很清楚，因为他会插手一些它们的事。他训练了一两只来当我们的仆人。他这样做心里有些愧意，但我相信，他是有些喜欢其中几只的。但这是他的事，与我无关。它们只会使我感到厌恶，给我失败感。我对它们一点兴趣也没有。我猜它们会遵循肯纳卡传教士提出来的规矩，滑稽地模仿理性的生活。真是可怜！有一个东西，它们叫作'法'。唱颂歌，'尔等'什么什么的。它们给自己筑窝，采集果实，摘草叶，甚至结婚。但我能看穿一切，看穿它们的灵魂。我只能看见野兽的灵魂，终将死去的野兽，看见它们的愤怒，它们生存和自我满足的欲望。不过它们和其他生物一样，很古怪，很复杂。它们心里有一股往上冲的劲，部分是虚荣心，部分是无处施用的性欲和好奇。只是模仿我罢了。我对这只美洲狮倒是抱有一些希望。我在它的头部和脑部下了很多功夫——现在，"他说道，一边站起来，隔了很久才又开口——这间隙我们都各自思考了一番，"你觉得如何？你还怕我吗？"

我看着他，只看到一个脸色苍白、头发灰白的男人，以及一双平静的眼睛。坚定的平和与挺拔的体格使他显得沉静，几乎成了一种美感。要是没有这份沉静，他足以称得上是一个慈祥的老绅士，放在其他一百个老绅士里，也绝对看不出来任何异样。我打了个哆嗦。作为对他第二个问题的回答，我把两只手里的枪都递给了他。

"留着吧。"他说，说完便打了个哈欠。他站起身，盯着我看了一会儿，露出微笑。"你也忙活了两天了，"他说，"我建议你睡一会儿。我很高兴把一切都说明白了。晚安。"他仔细打量了我一会儿，然后从里屋的门走了出去。

我赶紧把通往院子的门锁上，又坐了下来。我久久地坐着，心情像凝滞了一般。无论是情感、心理还是身体，都实在疲倦。从他离开的那一刻起，我便无法思考。黑色的窗口像一双眼睛凝视着我。最后，我费力地把灯熄灭，躺到吊床里去，很快便睡着了。

第十五章
关于兽人

我一早便醒来了。一睁眼，莫罗的解释依旧萦绕在我的心头，清楚明白。我爬下吊床，走到门边，确保门已经锁住。我又按了按窗栏，挺结实。得知了这些与人相似的动物，其实只是兽性未泯的怪物和人类畸形扭曲的仿品之后，我的心中反而充满了一种隐约的不安，不知道它们会做出什么来。这比确切的恐惧糟糕得多。

敲门声传来，我听见梅林在说话，口齿含糊。我把其中一把枪塞进口袋（手不放开），给他开门。

"早上好，先生。"它说着，送来一些吃的。除了一贯作为早餐的草叶，还有随便一煮的兔肉。蒙哥马利在它身后。他的眼神四处一转，看见我手臂的姿势，歪嘴露出微笑。

那天，美洲狮休息养伤，但莫罗一贯极其孤僻，没有和我们在一起。我和蒙哥马利聊了一会儿，想弄清楚兽人是怎么生活的，尤其想知道，莫罗和蒙哥马利如何防止这些缺乏人性的怪物袭击他们，如何不让它们互相残杀。他向我解释，莫罗和他之所以比较安全，是因为这些怪物心智受限。虽然它们的智力提升了，动物的天性也有可能复苏，但莫罗在它们的脑子里植入了一些固定的思维，它们的想象力完全被束缚了。莫罗将它们深度催眠，告诉它们哪些事是不可能做到的，又有哪些事不可以做。这些禁令在它们的心中，杜绝了违抗或争吵的可能。

　　但是，在有些方面，旧日的天性与莫罗直截了当的改造水火不容，情况就没那么稳定了。在它们心中，一连串称作"法"的观念（我已经听兽人念诵过）和动物本性带来的根深蒂固、难以压抑的欲望针锋相对。这些"法"，我发现它们一遍又一遍地背，却一次又一次地违反。蒙哥马利和莫罗极其小心，不让兽人知道血的滋味。一旦尝到那味道，将会有不可避免、令他们害怕的后果。蒙哥马利告诉我，日暮光景，"法"的约束就会奇怪地削弱，在猫科动物改造的兽人身上尤其如此——动物性在那时最强。一到黄昏，它们的体内便会涌起一股冒险的冲动，敢去做一些白天连做梦都不敢想的事。我登岛的那一晚被豹人跟踪，原因便在这里。但在我刚到岛上的这几天里，它们都只是偷偷摸摸地违"法"，并且都在天黑之后。在白天，兽人大体上还是遵守着各方面的禁令。

说到这里，我或许应该先陈述一些关于这座岛以及兽人的基本信息。这座岛轮廓不规则，海拔很低，漂在宽广的海洋之中，总面积约莫有七八平方英里。[1] 最初这里是火山喷发形成的，如今三面布满珊瑚礁。北面的一些喷气孔和一处温泉，是孕育此地的力量仅剩的痕迹。偶尔能感觉到轻微的地震，有时笔直升向空中的烟会被迸发的水蒸气搅得翻涌澎湃，这些已是全部了。蒙哥马利告诉我，莫罗创造的六十多个奇怪的产物成了岛上的居民，这还没算上那些更小的、寄居在灌木丛中的、没有人形的怪物。莫罗总共创造了大概一百二十个，但很多都已经死了，还有一些——比如他跟我说的那个会扭动的、没有腿的东西——被暴力地结束了生命。蒙哥马利还回答我说，其实它们还孕育了后代，但陆续都死了。这些后代还活着的时候，莫罗将它们带走，赋予人形，但没有证据证明，它们后天所得的人类特征是遗传而来的。兽人中，雌性比雄性少得多，尽管"法"规定了一夫一妻制，但还是有不少雌性兽人在暗地里被侵害了。

恕我无法描述这些兽人的细部特征。我没有训练过如

---

1. 此描述和贵族岛吻合。——查尔斯·爱德华·普伦迪克。（原文注）

何用眼睛细致入微地观察，而且很遗憾，我也不会素描。就这些动物总体外貌而言，最瞩目的特点是腿和躯干的长度不成比例。但是，我们对优美的认知是相对的——我的眼睛逐渐习惯了它们的形体，最后甚至觉得自己的大腿太长，很难看。另一大特点是头部前倾，脊柱弯曲得很别扭，不像人类。甚至连猿人也没有那种起伏有致的背部曲线，人类的体态正是因为这曲线才显得优美。大多数兽人都笨拙地耸着肩，前臂很短，软弱地挂在身体两侧。它们很少有显眼的体毛，至少一直到我离开时都没有见过。

还有一处明显的畸形是它们的面部。几乎所有的兽人都下巴前凸，耳朵奇形怪状，鼻子又大又翘，头发是毛茸茸的硬毛，眼睛的颜色通常都很奇怪，还长在奇怪的地方。没有兽人会大笑，只有猿人会嗤嗤地笑。除了这些基本的特征，兽人的头部少有相似之处，每一只都保留了物种各自的特质：虽然人形的特征扭曲了动物的形态，却无法掩盖作为改造基础的一种或几种动物，例如豹子、公牛、母猪……兽人的声音也天差地别。它们的手普遍畸形。虽然有几只确实在样貌上与人类出乎意料地相似，但几乎所有兽人的手指都残缺不全，指甲不整齐，触觉也不灵敏。

我曾遇见的那只豹人和一只鬣狗猪人是当中最可怕的两只兽人。比它们体型更大的是三只拖船的牛人。然后是灰发的兽人，它也是诵法者，还有梅林，以及一只用猿猴和山羊造的、像萨堤尔[1]一样的动物。有三只猪男，一只猪女，一只犀牛造的，还有几只雌的，我分辨不出它们本来是什么动物。有几只狼人，一只熊和公牛的结合体，一只用圣伯纳犬[2]造的。猿人我已经描述过。此外还有一个面目尤其可憎（还散发着恶臭）的老妇，由雌狐和熊改造而成，我见到它第一眼便心生厌恶。据说它是法的狂热拥护者。更小型的是几只带斑点的年幼的兽人，以及先前那只树懒似的动物。枚举到此为止。

　　起初，我一见到兽人便胆战心惊，坚定地认为它们依然是野蛮的动物。但不知不觉，我有点习惯了它们的存在，同时，蒙哥马利对它们的态度也感染了我。他和它们相处久了，几乎已经把它们当作正常的人类来看待。在他眼里，伦敦的时日似乎已是充满荣光、无法复现的过去。他大约一年去一次阿里卡，和莫罗的代理商见面。那个代理商是当地的动物贩子。那个村庄以航海为业，蒙哥马利遇见的都是西班牙裔的混血人种，不是什么长相俊俏的人。他跟我说，起初他看船上的人就像我看兽人一样奇怪——腿异

---

1. 萨堤尔（Satyr），希腊神话中的森林之神，半人半羊，头上有公羊的角。
2. 圣伯纳犬（saint bernard），体型较大的犬种，个性温顺。

常的长，脸扁平，额头前凸，生性多疑，危险又冷漠。其实，他不喜欢和人类打交道。他觉得，他之所以对我心软，是因为救过我的命。我那时就猜测，他对那些变了形的野兽其实暗存善意，在某些方面同情它们，但常常又把同情表现得很尖刻。不过从一开始，他就在我面前努力地掩饰。

梅林——那个黑脸人——是蒙哥马利的仆人，也是我遇见的第一只兽人，不像其他兽人一样生活在岛屿的另一边，而是住在屋后面的一个小狗窝里。梅林远没有猿人那么聪明，却听话得多，也是兽人中最接近人类长相的。蒙哥马利训练它做饭，后来要求它做各种烦琐的家务，它竟然也都能胜任。梅林是一座复杂的奖杯，代表了莫罗可怕的技艺——它本来是一只熊，结合了狗和公牛，是莫罗的所有兽人中改造得最精巧的一个。梅林对蒙哥马利有一种奇怪的温顺和忠诚。有时，他会注意到它，拍拍它，半嘲弄半开玩笑地唤它的名字，它便开心得手舞足蹈；有时他又对它不好，尤其是喝了威士忌以后，会踹它、打它，朝它丢石子或者燃着的防风火柴。但无论蒙哥马利待它好或是不好，它还是最爱待在蒙哥马利身边。

我说我逐渐习惯了兽人，千百件之前看起来怪异、反胃的事，很快就变得自然、正常起来。我想，每一种存在都会从周围普遍的色调中汲取颜色吧。蒙哥马利和莫罗实在古怪、独特，模糊了我对人类的总体印象。有时，我看见一个笨拙的牛人，操纵着长艇，脚步沉重地走过灌木丛，会问自己，会努力地去回想，它和那些结束了机械劳作、拖着疲惫步伐回家的真正的村夫野老，有什么不同？或者，我看见那个狐熊老妇，它的面容狡猾、诡诈，随时准备见风使舵的精明之中竟然透露出一种奇怪的人性，我甚至会想，我以前是不是在城市的小路上与它打过照面。

但是，它们的兽性也时常会闪现在我的眼前，毋庸置疑，不可否认。一个相貌丑陋的人——看上去不过是驼背的野人——蹲在某个巢穴的入口，一展开手臂打哈欠，便露出骇人的剪刀刃似的门牙，还有军刀似的犬齿，像匕首一般锋利、晃眼。要么，在某条狭窄的小路上，我鼓起一瞬间的勇气瞄一眼，便和一只肢体柔软、白布包裹的雌性动物四目相对，猛地看见它裂缝似的瞳孔；或者我瞥向地面，便看见它用钩状的指甲抓着周身的布，使人看不出它的身形。顺便说一句，有一个古怪且无法解释的现象，在我上岛的头几天，这些怪物——我是说，这些雌性的兽人——本能地感到自己的笨拙令人厌恶，因此很重视服装蔽体，追求端庄和得体，比人类更甚。

第十六章
兽人初尝鲜血

我终究暴露了自己写作经验的匮乏，写着写着便偏离了主线。

我和蒙哥马利用完早餐后，他带我去岛的另一边看喷气孔和温泉的源头——前一天，我误打误撞地踩进过它滚烫的水流。我们两个都佩带了鞭子，拿着装满子弹的左轮手枪。途中，当我们穿过一片林莽时，听见一只兔子在尖声长叫。我们停下脚步倾听，但再也没有听到。片刻之后我们继续赶路，将方才的小插曲抛在了脑后。蒙哥马利叫我注意看跳过灌木丛的几只小动物，它们是粉红色的，后腿很长。他告诉我，它们是用莫罗造的兽人的后代改造的。他起初想把它们当作肉吃，但想到这跟兔子吃后代的蛮习无异，于是放弃了这个念头。我之前遇见过这些小动物——一次是在月色下被豹人追，一次是前一天被莫罗追。其中一只为了躲开我们，跳进了由于树被风连根拔起而留下的洞里。它还没来得及逃出去，便被我们逮住了。它像猫一样咿咿呀呀地叫，爪子到处挠，后腿疯狂乱踢，还想咬人，但它的牙齿太无力，咬起来就像是不痛不痒地捏一下。在我看来，它就是一只可爱的小动物，而且蒙哥马利说，它从来不会因为打洞破坏草皮，习性也爱干净。我想，它应该是绅士们的花园中那些普通兔子的替代品。

在路上，我们还看见一棵树的树干上，树皮被一长条、一长条地撕下，有很深的裂痕。这是蒙哥马利指给我看的。"'不抓挠树皮，这是法'，"他说，"它们当中有一些还是很在意这条法的！"我记得就是在那之后，我们碰见了萨提尔和猿人。萨提尔的样子带着一分莫罗对古希腊的想象——它的面部表情像绵羊，就像那种希伯来粗毛羊；它的嗓音是刺耳的咩咩声，脚趾像撒旦。从我们身边经过的时候，它正咬着一个类似豆荚果实的壳。两只兽人都向蒙哥马利致意。

"第二执鞭人万岁！"它们喊道。

"现在有第三个执鞭人了，"蒙哥马利说，"所以你们最好小心点！"

"他不是造出来的？"猿人说，"他说，他说他是造出来的。"

萨堤尔好奇地看着我。"第三执鞭人，哭着走进海里的人，脸又瘦又白。"

"他有细长的鞭子。"蒙哥马利说。

"昨天他流血了，哭了，"萨堤尔说，"你从来不会流血，不会哭。主人不会流血，不会哭。"

"奥伦多夫[1]式的叫花子！"蒙哥马利说，"如果你不小心，准叫你流血，叫你哭。"

"他有五根手指，跟我一样是'五人'。"猿人说。

"走吧，普伦迪克。"蒙哥马利拉住我的手臂说。于是我跟他继续上路了。

萨堤尔和猿人站在那儿，注视着我们，互相聊了起来。

"他什么也没说，"萨堤尔说，"人类是会说话的。"

"昨天，他问我有没有吃的，"猿人说，"他不知道。"

然后它们说了一些话，我没有听清，只听见萨堤尔在笑。

回去的路上，我们发现了兔子的尸体。可怜的小东西被鲜血染红，身体被撕成了碎块，几根肋骨都被扒光了肉，只剩白骨，脊椎骨一看就是被啃过了。

----

1. 指德国语法学家、语言教学家 H.G. 奥伦多夫（Heinrich Gottfried Ollendorff, 1803 — 1865）。奥伦多夫的写作中有很多的反复，蒙哥马利是借此嘲笑萨堤尔的说话方式。

蒙哥马利一看见，便站住了。"老天！"他说着，弯下腰捡起几块脊椎骨的碎块，再仔细一看，"老天！"他重复道，"这是什么意思？"

"你们的一些食肉动物记起了旧习，"我沉默了片刻之后说，"脊椎骨被咬穿了。"

他站在那里，盯着尸体，脸色苍白，下嘴唇变歪了，"这感觉不妙。"他慢吞吞地说。

"我之前见过同样的事情，"我说，"在我来的第一天。"

"不会吧！你看见什么了？"

"一只兔子，头被扯掉了。"

"你来的那天？"

"就是那天。在房子后面的灌木丛里，我晚上出去的时候发现的。兔子的整颗头都被拧了下来。"

他吹了一声长长的、低沉的口哨。

"而且，我能猜到是哪一只兽人干了这事。不过只是我的怀疑，你知道吧。在我撞见死兔子前，我看见你们的一只怪物在小溪边喝水。"

"吮吸着喝吗？"

"是的。"

"'不吮吸饮水，这是法。'兽人们很守法的，特别是莫罗没有在边上管着它们的时候，嗯？"

120

"追我的也是那只兽人。"

"一定是了，"蒙哥马利说，"食肉动物就是这样。杀了一只动物之后，就去喝水。是血的味道，你明白的。——那只兽人长什么样？"他接着说，"你还能认出它来吗？"他瞥了一眼四周，两脚跨在惨死的兔子两边，两眼扫视着各处阴影和层层绿植形成的屏障，以及包围我们的森林中适合躲藏、埋伏的地方。"血的味道。"他又说了一遍。

他拿出手枪，检查弹膛，换上了新的。然后他扭了扭下垂的嘴唇。

"我应该能认出那只兽人，"我说，"我把它打晕了。它的额头上肯定有一大块淤青。"

"但是我们得证明它杀了那只兔子，"蒙哥马利说，"我真希望自己没把这些动物带到这儿来。"

我本想继续说，但他站在那儿，看着脚下被撕碎的兔子沉思，似乎脑子里很乱。既然如此我便走开了，来到藏着剩余兔子尸块的地方。

"走吧！"我说。

他过了一会儿才反应过来，走到我这边来。"你看，"他说，几乎是在低语，"它们应该有一个根深蒂固的念头，拒绝吃任何在地上跑的东西。如果有兽人不小心尝到了血的味道——"他一时陷入了沉默，"我想知道发生了什么。"他自言自语道。然后，在停顿了片刻之后，又说，"有一天我干了一件蠢事。我的仆人……我教它如何剥兔皮、煮兔肉。很奇怪……我看见它在舔自己的双手……我当时也没多想。"他接着说，"我们得制止这一切。我必须告诉莫罗。"

在我们回家的路上，他一心都在想这件事。

莫罗比蒙哥马利更重视这件事。不必说，我也被他们溢于言表的惊愕影响了。

"我们得以儆效尤。"莫罗说，"我毫不怀疑，罪犯就是豹人。但我们要怎么证明？蒙哥马利，我多希望你能管好自己吃肉的事，没有搞这些新奇、刺激的尝试。我们可能会因为这事陷入麻烦。"

"我真是个笨蛋，"蒙哥马利说，"但那东西不会再犯了。并且是你说我可以养着它们的，你知道的。"

"我们必须马上把这件事了结了，"莫罗说，"如果发生了什么意外，梅林能照顾好自己的对吧？"

"我现在不是很确定了，"蒙哥马利说，"虽然我想我应该是了解它的。"

下午，莫罗、蒙哥马利、我和梅林穿过小岛，到沟壑里的屋群去。我们都配了武器，梅林带着一把砍柴火的小斧头和几卷铁丝。莫罗肩膀上还挎着一只放牛用的大号角。

"你会看到一次兽人的大聚会，"蒙哥马利说，"很壮观的场面！"

莫罗一路上一言不发，但他留着白色络腮须的大脸上，表情一直很凝重。

我们穿过峡谷，滚烫的小溪一路淌下，还冒着烟。接着，我们穿过藤丛里蜿蜒的小路，来到一片开阔的地带，地面上有一层厚厚的黄色粉末，应该是硫黄。越过一段野草丛生的堤岸，能看见闪闪发光的大海。我们走到一处地方，像是一个浅浅的天然圆形剧场，一行四人在这里停下了。

莫罗吹响了号角，打破了热带地区午后的沉寂。他的肺活量一定很好。号角呼声的音调越来越高，与回音交错，最后响得几乎能刺穿耳朵。

"啊！"莫罗呼喊了一声，把那弯弯的乐器放回身边。

黄色的藤丛中立刻传来哗啦哗啦的响声，繁密的绿莽中一阵嘈杂——那边是我前一天逃跑时经过的沼泽地。然后，在硫黄地的边缘，出现了三四个奇形怪状的兽人，朝我们匆匆跑来。一只接一只的兽人从树林里、藤丛中小跑出来，摇摇晃晃地在灼热的尘土中靠近，恐惧不禁爬上我的心头。但莫罗和蒙哥马利却非常冷静地站在那里，我只得紧紧地靠住他们。

第一个到的是萨堤尔，虽然有一种奇怪的不真实感，但它确确实实地投下了影子，它甩了甩蹄子上的尘土。跟着萨堤尔从藤丛里出来的，是一只粗野的怪物，它是马和犀牛的结合体，一边跑还一边嚼着一根草。接着出现的是那只猪女和两只狼女。然后是巫婆似的狐熊，两只红色的眼睛嵌在瘦削的红脸上。随后，还有其他兽人都急急忙忙地赶了过来。它们跑向前来，面对莫罗却开始变得畏畏缩缩，自顾自地念着那一串法的后半部分的一些片段："他的手是伤害之手，他的手是治愈之手……"诸如此类。当它们跑到距离我们大约三十码的地方，立即刹住脚步，跪下磕头，手肘将白色的尘土扬到头顶。

尽你所能想象一下那场景！我们三个穿着蓝布衣裤的人类，以及我们畸形的黑脸仆人，在阳光照耀下的绵延的黄土上站着，头顶是灼热的蓝天，四周是蜷伏在地、行跪拜姿势的怪物。除了一些细微的表情和动作，有些看起来几乎是人类，有一些像瘸子，还有一些畸形得实在古怪，类似的动物大概只有在最疯狂的梦境里才能找到。远处，一边是丛生的芦苇，一边是茂密繁杂的棕榈树，将我们与沟壑里的小屋隔开。而北边，是太平洋朦胧的天际线。

"六十二、六十三。"莫罗数着，"还差四只。"

"我没看到豹人。"我说。

过了一会儿，莫罗又吹响了大号角。一听见号角声，兽人纷纷扭动着身体，匍匐在地。然后，豹人出现了。它从藤丛中悄悄溜出来，腰弯得几乎能贴着地面，试图混入莫罗背后尘土飞扬的大部队里去。最后到的兽人是猿人。早到的动物因为一直匍匐着，又热又累，向它投去恶狠狠的目光。

"停！"莫罗用坚定、响亮的声音说。兽人们坐回后腿上，停下了顶礼膜拜的姿势，得以喘口气。

"诵法者在哪里？"莫罗说。尘土中有一个灰色毛发的怪物低头致敬。

"念！"莫罗说。

跪拜在地的兽人们立刻开始左右摇晃起来，同时用手用力拍打地上的硫黄粉尘——先用右手噗地拍一下，再用左手，如此反复，还吟诵它们奇怪的连祷。当它们念到"不食鱼或禽，这是法"，莫罗举起了一只手，他的手瘦长、苍白。

"停！"他喊道，全体兽人马上鸦雀无声。

我想，它们应该都知道并且害怕即将发生的事。我环顾四周，看着它们奇怪的脸庞。在它们发光的眼睛里，闪烁着畏缩的神情和鬼鬼祟祟的恐惧——我之前竟会觉得它们是人！

"有人触犯了这条法律！"莫罗说。

"没人能逃。"银色毛发遮住脸的动物说。"没人能逃。"跪着的一圈兽人重复道。

"是谁?"莫罗喊道,环视着一张张脸,鞭子抽得啪啪响。鬣狗猪人露出了失魂落魄的神情,豹人也是。莫罗停住了,看着这只动物。它畏畏缩缩地往莫罗这边挪,似乎想起了过去那永无尽头的折磨,害怕极了。

"是谁?"莫罗又喊道,声如洪雷。

"触犯法律的人是恶人。"诵法者吟唱道。

莫罗盯着豹人的眼睛,吓得它仿佛每一寸灵魂都出了窍。

"触犯法的人——"莫罗说,将目光从这位要受罚的人移开,转向我们。(我似乎在他的语气中听出了一丝得意。)

"要回到痛苦之屋,要回到痛苦之屋。"它们吵吵闹闹地喊起来,"回到痛苦之屋,噢,主人!"

"回到痛苦之屋,回到痛苦之屋。"猿人也叽里咕噜地说道,好像这件事让它很愉快。

"你听见了吗?"莫罗说着,转身去看犯人,"我的朋友,嘿!"

而豹人,一等莫罗的目光移开,就立刻从跪立的姿势站了起来。此刻,它两眼冒火,弧形的嘴唇下面露出猫科动物的大尖牙,纵身扑向折磨它的人。我相信,只有被无法承受的恐惧逼得发狂,才会发起这样的攻击。

我们周围，一整圈六十多只怪物都站了起来。我掏出手枪。豹人和莫罗撞在了一起，莫罗被撞得往后一个趔趄。四面八方都是愤怒的大喊、号叫。每只兽人都在飞快地跑动。一瞬间，我以为它们集体造反了。豹人怒气冲天的脸从我面前闪过，梅林在后面穷追不舍。我看见鬣狗猪人黄澄澄的眼睛里闪着兴奋的光，这神情仿佛是想要来攻击我。萨堤尔也是这样，在鬣狗猪人弓起的肩膀后面瞪着我。我听见莫罗的手枪噼啪作响，粉红色的光嗖地飞过骚乱。整群兽人似乎都调转了方向，朝向闪烁的火光前进，它们的移动仿佛带着磁力，我也被搅得转过了身。一瞬间，我也跑了起来，加入了这混乱又喧闹的人群，追赶着逃窜的豹人。

这便是我能明确描述的一切。我看见豹人袭击莫罗，然后周围的一切都转了起来，接着我快步冲过去。梅林跑在前面，紧紧追着逃犯。身后，兽人们的舌头已经耷拉下来了，狼女们跨着大步奔跑跳跃。猪人跟在后面，激动地发出尖厉的长叫，还有两只裹着白布的牛人。莫罗跑在一众兽人之中，宽檐草帽被吹掉了，手里握着枪，细长的白发四下披散。鬣狗猪人跑在我身边，和我保持着相同的速度，猫科动物似的眼睛不时偷瞄着我。其他兽人在我们后面一边叫喊，一边啪嗒啪嗒地跑着。

豹人冲进藤丛，高高的藤草被拨开，等它穿过去时又弹回来，打在梅林的脸上。当我们这些跟在后面的追到藤丛时，发现这里已经被踏出了一条小路。在藤丛里，大约追了四分之一英里后，豹人跃入了小树丛。尽管我们是一大帮人一起追，但树丛极其浓密，拖慢了我们追赶的速度。又窄又长的叶子拍在我们的脸上，绳子似的蔓生植物绕上脖子、缠住脚腕，带刺的植物钩破衣服、划伤皮肉。

"它四脚着地穿过了这里。"莫罗气喘吁吁地说。他现在仅仅领先我们一步。

"没人能逃。"狼熊说着，笑呵呵地看着我，满是追捕带来的喜悦。我们来到一片石头地，重新加快了速度，前方的猎物正四脚着地轻盈地奔跑，不时转过头来朝我们低吼。狼人见状，高兴地嚎了一声。它依然裹着布。从远处看，它的脸跟人类很像，但是四肢动作却是猫科动物的姿态。它的肩膀往下耷，鬼鬼祟祟的样子，正像是一只被追赶的动物。它跃过几丛开着黄花的带刺灌木，不见了。梅林已经跑过一半石头地了。

我们大多数都没了一开始的追赶速度，步子虽然变大了，却很慢。当我们穿过空地时，追赶的人已经从纵队变为了横队。鬣狗猪人依旧在我身边跑着，一边跑一边看着我，偶尔噘起口鼻，发出低沉的笑声。在石头地的边缘，豹人意识到再往前便是海岬——那里正是我来岛那晚它尾随我的地方。但是蒙哥马利识破了它的计划，逼它调转了方向。就这样，我帮忙追着犯了法的豹人，喘着粗气，在岩石间跌跌撞撞。黑莓的刺划得我衣衫褴褛，蕨草和芦苇绊着我的脚。鬣狗猪人一边跑在我边上，一边狂笑。我跟跟跄跄地往前走，头昏脑涨，心怦怦直跳，每一下都像撞在肋骨上。我累得几乎就要死去，却不敢让追赶的人离开视野，以防周围只剩下自己和这个可怕的同行伙伴。尽管我已筋疲力尽，头顶着热带地区炽烈的午后阳光，却还是蹒跚着向前走着。

终于，追捕结束了白热化的态势。我们将那可怜的畜生逼进了岛屿的一隅。莫罗手握鞭子，调整了我们的队形，让所有人排成一条不规则的队伍。我们缓慢前进，一边走一边互相叫唤，收紧对猎物的包围圈。它不出声响地潜伏着，隐藏在灌木丛中。那天半夜，我被它追赶时曾穿过那片灌木。

"慢慢地！"莫罗喊道，"慢慢地！"队伍的两端沿着交缠的灌木丛外围慢慢靠拢，将豹人围了起来。

"小心它冲出去！"树丛的另一头传来蒙哥马利的声音。

我在灌木丛上方的斜坡上，而蒙哥马利和莫罗走在低处的沙滩边。我们在枝叶交错形成的密网中慢慢逼近。猎物没有发出一点声音。

"回到痛苦之屋，痛苦之屋，痛苦之屋！"猿人在右边大约二十码的地方大喊。

当我听到猿人的叫喊，就原谅了那可怜的东西带给我的所有恐惧。犀牛马人在我右边跑着，脚步很沉，我听见他折断细枝，将较粗的树枝簌簌地拔开的声音。透过一片层层叠叠的绿叶，我忽然看见我们追捕的兽人，正藏在浓密的树丛间的昏暗角落中。我站住了。它尽可能地缩成小小的一团，蜷伏着。它转过头来，用闪闪发光的绿眼睛盯着我。

我内心很矛盾——直到如今也无法解释。那豹人的形态完全就是一只动物，当我看见它闪烁的目光，以及不完美的人脸因为恐惧而扭曲时，才重新想起来它有一部分是人。不用多久，其他的追捕者就会发现它，它会寡不敌众，被捉回院子，再经历一遍种种可怕的折磨。我猛地掏出手枪，瞄准那双惊恐万状的眼睛中央，开了火。就在那一瞬间，鬣狗猪人看见了豹人，发出一声充满渴求的呼号，往豹人身上扑去，将饥渴的尖牙插进了豹人的脖颈。四周的绿树草丛摇晃起来，伴着树枝噼里啪啦折断的声音，兽人们往一处挤来，脸一张接一张地出现了。

"别杀它，普伦迪克！"莫罗喊道，"别杀它！"我看见他猫着腰，拨开高大的蕨叶冲过来。

霎时间，莫罗已经用鞭子的把柄将鬣狗猪人打跑了。他和蒙哥马利一起拦住了激动不已、近乎狂欢的兽人——尤其是梅林——不让它们接近豹人那还在颤抖的躯体。那只灰色毛发的兽人钻到我胳膊下闻着尸体。其他的兽人，带着动物才有的那种狂热，将我往前挤，想一看究竟。

"真是蠢啊你，普伦迪克！"莫罗说，"我想留它活口的！"

"对不起，"我说，其实心里并无愧意，"我一时冲动。"因为剧烈运动和过度兴奋，我感到一阵恶心。我转过身，挤出蜂拥的兽人，独自走上斜坡，往海岬的更高处去。莫罗大声地发号施令，那三个白布包裹的牛人将猎物往低处的水边拖去。

此时，我想一个人待着倒是容易了。在尸体面前，兽人展现出了完全近乎人性的好奇。它们乌泱泱的一群，一起跟在尸体后面。当牛人把尸体拖到沙滩上时，它们围上去嗅，还朝它低吼。我走上海岬，看着牛人们将沉重的死尸抬到海里，傍晚的天空下，它们都成了黑影。就像一片波澜涌过脑海，我忽然意识到这岛上的一切都有一种难以言状的虚无、茫然。在我脚下，沙滩上的岩石间，猿人、鬣狗猪人，还有其他几只兽人，站在蒙哥马利和莫罗周围。它们依旧激动万分，滔滔不绝地表达着它们对法的忠诚，十分喧闹。但我心中坚信，鬣狗猪人和兔子的死脱不了干系。我心中有了一个奇怪的信念，如果抛开那令人厌恶的轮廓、怪诞的身形，我眼前分明是矛盾重重的人生的缩影，以最简单的形式呈现着针锋相对的本能、理性和命运。豹人碰巧落败，这便是唯一的不同。可怜的畜生！

可怜的畜生们！我开始认识到莫罗的残忍行径有更邪恶的一面。在这之前，我从未想过这些可怜的受害者离开了莫罗的手之后，依然会遭受痛苦与不幸。以前，我只因那院子里日以继夜的折磨而瑟瑟发抖，可此刻在我眼里，那些有形的折磨已经是次要的了。它们以前是野兽，它们的本能完美地适应了周遭，活得很开心。现在，它们戴着人性的镣铐磕磕绊绊，活在无穷无尽的恐惧之中，为一堆它们无法理解的法律而惶惶不安。它们的存在是对人类滑稽的模仿，以巨大的痛苦拉开序幕，开始了一段漫长的心灵折磨，还要永远惧怕莫罗。然而，这一切是为了什么？当中那不计后果的漠然令我心绪难平。

哪怕莫罗有任何一个可以让人理解的目的，我都能对他生起一点同情。如今我没有那么见不得苦痛了。假如他的动机是纯粹的恨意，我甚至可以试着原谅他。但他是如此的不负责任，如此彻彻底底的不以为意！驱使他前行的，是他的好奇心，是疯狂、漫无目的的探索。那些兽人被抛弃到荒野之中，只能再活个一年光景，挣扎、犯错、受折磨，最终在痛苦中死去。它们的不幸来自它们自己。旧时动物本性中的戾气使它们互相伤害，法只不过帮它们远离了一时的冲动与挣扎，让那因为天性里的敌意而早已注定的结局迟一些到来。

在那几天里，我对兽人的恐惧像我个人对莫罗的害怕一样逐渐消逝。我转而陷入了一种病态。它深切而持久，不同于恐惧，在我心上留下了永久的伤疤。我必须承认，我对这世界的"正常"失去了信心，这座岛上创造了无数痛苦的失序，使得"正常"岌岌可危。一种未卜的命运，一个巨大而无情的体制，正在雕刻、塑造着存在之物的构造。我、莫罗（因为他对研究的激情）、蒙哥马利（因为他对酒的激情）、本性与心灵的束缚相冲突的兽人，被命运复杂无比且永不停转的车轮无情地、不可避免地撕裂和碾压。但这种状况并非倏然而至：我在此处谈及，确实是提早讲述了接下来发生的事。

第十七章
灾难

过了不到六个礼拜，我内心对莫罗臭名昭著的实验只剩下反感、憎恶。我在想，或许我可以远离这些可怕的天主形象的仿制品[1]，重回人类之间那亲切的、有益身心的交往中去。此时，与我相隔千里的同类，在我的记忆中有了田园牧歌式的高尚和美好。蒙哥马利是我在这里结识的第一个人，但我们的友谊没有再进一步发展。他脱离人类太久，有偷偷酗酒的恶习，还对兽人有显而易见的同情，这使他在我心中有了污点。我几次都叫他自己去见兽人，尽可能地避免与兽人有任何交流。我在海边度过的时间越来越长，希望能发现一只解救我的船，但希望中的船并没有出现，直到有一天，一场骇人听闻的灾难降临在我们的头

---

1. 上帝按照自己的样子造人，"天主形象的仿制品"即指人类的形象。

上，使我诡异的周遭变得面目全非。

灾难发生时，我登岛已有七八个礼拜，或许更久，不过我实在懒得去记录时间。它发生在大清早，大约六点。三只兽人往院子里搬木头的声音吵醒了我，于是我便早早起床吃了饭。

吃了早饭之后，我走到院子开着的大门前，站在那里抽了一根烟，享受清新的早晨。不一会儿，莫罗拐过院子的一角走过来，跟我打招呼。他从我身边经过，在我身后，他打开了实验室的门锁，走了进去。那时，我对那个令人厌恶的场所已经麻木，所以当我听见不幸的美洲狮开始遭受新一天的折磨，内心没有一点波澜。看见迫害者时，美洲狮发出一声尖叫，仿佛悍妇的怒吼。

忽然，有什么事情发生了——我至今都不知道具体发生了什么。我只听见身后传来一声短促、尖厉的叫喊，有东西倒在了地上。我一转身，看见一张可怕的脸庞向我冲过来——不是人，不是动物，却凶神恶煞。它的脸是棕色的，布满了密密麻麻的血红的伤疤，鲜红的血从脸上滴下，没有眼睑的双眼闪着熊熊火光。我抬起手臂，想挡住猛冲，却还是一头栽倒在地，摔断了小臂。那个裹着纱布棉花、浑身飘舞着鲜红绷带的大怪物，从我身上一跃而过，往前跑去。我沿着沙滩，往下翻滚了几圈。我想坐起来，可是受伤的手臂撑不住，于是又瘫倒在地。然后莫罗出现了，鲜血从他的前额汩汩地流下，使得苍白的大脸更显可怕。他一只手握着左轮手枪，几乎没有向我瞥一眼，便径直冲去追美洲狮了。

我试了试另一只手，终于坐了起来。前面，白布包裹的身影沿着沙滩大步跳跃，莫罗追在它身后。它转过头，看见了莫罗，猛地用两倍的速度，朝灌木丛跑去。每向前一跃，它就拉开一点与莫罗的距离。我看见它纵身跳进了灌木丛。莫罗斜着跑，想阻截它。他开了一枪，没有打中。它消失在灌木丛中，莫罗也随即在杂乱的绿丛中不见了踪影。我正盯着他们看，手臂忽然一阵火辣辣的疼。我呻吟了一声，摇摇晃晃地站起来。蒙哥马利出现在院子门口，穿好了衣服，手里拿着枪。

"老天，普伦迪克！"他说，并没有察觉到我的伤势，"那个畜生逃了！把脚镣都挣脱了！你见到他们了吗？"忽然，他见我抓着手臂，于是问道："怎么了？"

"我那时正站在门口。"我说。

他走上前来，扶起我的手臂。"袖子上都是血。"他说着卷起了法兰绒衣袖。他把枪放进袋子里，按了按我手臂各处，很疼。他领我进屋。"你的手摔断了，"他说，随后又说道，"告诉我，怎么会摔断的？究竟发生了什么？"

我跟他说了目睹的一切，说的时候疼得一阵阵地倒抽气，话都说不完整。他一边听我说，一边灵巧、迅速地给我包扎手臂。他把我的手臂吊在肩膀上，站起来，退了两步，看着我。

"你会没事的。"他说，"现在怎么办？"

他想了想，走了出去，锁好院子的大门，离开了一会儿。

我主要还是担心自己的手臂。方才的事，不过是诸多可怕的事情又添了一件。我坐到躺椅上，坦白说，还冲着这座岛骂了一顿脏话。受伤的手臂起初还有些麻木，当蒙哥马利再次出现的时候，已经变成了灼烧般的疼痛。他的脸色十分苍白，下牙龈露得比以往都要多。

"我找不到他，连个动静都听不见。"他说，"他可能需要我的帮助。"他望着我，两眼无神。"那头野兽力气很大，"他说，"它都把脚镣从墙上扯下来了。"他走到窗边，又走到门边，转身看我。"我得去找他，"他说，"我还有一把左轮手枪可以留给你。说实话，我不知道为什么很担心。"

他把枪拿来，放在我手边的桌子上，然后就走出去了，空气中弥漫着他留下的不安，我也一并被感染。他离开之后，我坐了没多久，便把枪拿在手里，走了出去。

那天的早晨一片死寂，一丝风也没有，海面像抛过光的玻璃，天空中空荡荡的，沙滩一片荒凉。我半是焦躁，半是发烧，周围的寂静压在我的胸口。我试着吹口哨，可声音一会儿便弱了下去。我又骂了一通——那天早晨的第二次了。我走到院子的角落，凝望着内陆那片将莫罗和蒙哥马利吞没的绿色灌木。他们什么时候会回来呢，会怎么回来呢？正在这时，沙滩高处出现了一只兽人小小的灰色身影。它跑到水边，把海水打得四处乱溅。我漫步到门口，又走回角落，就这样来来回回地踱步，像一个当值的哨兵。有一瞬间，从远处传来蒙哥马利的声音，我站住了。"咕——伊¹——莫罗！"我的手臂没那么疼了，却烫得很。我发烧了，还很口渴。我的影子越来越短。我望着远处兽人的身影，直到它又跑开。莫罗和蒙哥马利会不会再也回不来了？三只海鸟打了起来，争夺一个搁浅在沙滩上的宝贝。

　　这时，我听见院子后面很远的地方传来一声枪响，安静了很久以后，又响了一声。然后，稍近一点的地方响起一声叫喊，接着又是悲凉的寂静。我开始胡思乱想，越想心里越煎熬。忽然，枪声在很近的地方出现了。我走到转

---

1. "咕伊"（cooee），指引起注意的叫唤声，来源于澳大利亚原住民在丛林中使用的叫声。

角，吓了一跳。只见蒙哥马利面色绯红，头发凌乱，裤子的膝盖处破了洞。他的脸上满是惊愕，身后跟着垂头丧气的兽人梅林。梅林左右两边的颌骨附近，有一些奇怪的深色污点。

"他回来了吗？"蒙哥马利说。

"莫罗？"我说，"没有。"

"老天！"他气喘吁吁，几乎像在抽噎。"回屋里去。"他说，拉着我的手臂。"它们疯了。它们都发了狂，到处乱跑。发生了什么呢？我也不知道。等我喘过气来再跟你说。有白兰地吗？"

蒙哥马利费力地拖着步子走在我前面，进了屋子，坐在躺椅上。梅林一屁股坐在门口，像狗一样大口喘气。我给蒙哥马利倒了点白兰地，兑上水。他坐着，呆呆地看着前面，舒缓着气息。几分钟过后，他开始跟我讲述发生的事。

他追着他们的踪迹走了一段。一开始方向很好判断，因为能看见被踩平、折断的灌木，美洲狮身上扯下的白布条，灌木和矮树的叶子上零星的几抹血迹。但是，当他走过溪流——就是我看见兽人喝水的那里，来到石头地上的时候，便一点踪迹也看不见了。他只好一边漫无目的地往西边走，一边喊着莫罗的名字。后来梅林找到了他，握着一柄短斧。梅林并没有目睹美洲狮的逃脱过程，它一直在砍树，直到听见了蒙哥马利的叫喊才循声找来。接着它们两个一起呼唤莫罗。两只兽人被吸引过来，窝在矮树丛中盯着它们。它们的动作和那副鬼鬼祟祟的奇怪模样，让蒙哥马利一阵惊慌。他冲它们喊了一声，它们就像犯了什么错似的逃走了。蒙哥马利没再继续喊，又毫无方向地在丛林深处徘徊了一会儿，最后决定去兽人的小屋看看。

他发现深谷里空无一人。

每过一分钟，他的紧张就增添一分，于是他原路折返。就在那时，他遇上了我登岛当晚见到的那两个手舞足蹈的猪人。它们嘴边血迹斑斑，异常激动。当时它们正冲出一片蕨类植物，一见到他便站住了，脸上还一副凶相。他有些被吓到了，于是啪地甩了一下鞭子，没想到它们朝着蒙哥马利猛冲过来。从来没有一只兽人敢这样做。蒙哥马利一枪打穿了其中一只的头颅，梅林扑倒了另外一只，两人扭打在一起，在地上翻滚。梅林把猪人压在身下，牙齿咬住了它的喉咙。猪人还在梅林的压制下挣扎，蒙哥马利也给了它一枪。不过，蒙哥马利费了一些力气，才劝服了梅林跟他继续上路。随后，他们便赶了回来，见到了我。在回来的路上，梅林突然冲进一片灌木丛，出来的时候追着一只体型异常短小的虎猫[1]人。这只虎猫人也浑身血迹，脚上受了伤，一瘸一拐的。它跑了几步，发现走投无路，于是猛地调头。蒙哥马利——可能带着些许冷漠吧——开枪打了它。

"那到底发生什么事了？"我说。

他摇了摇头，又呷了一口白兰地。

_____

1. 虎猫（ocelot），又名美洲豹猫，产于中南美洲的野生猫科动物，体长达 55 至 100 厘米，尾长 30 至 45 厘米。

第十八章

找到莫罗

蒙哥马利灌下第三杯白兰地时，我直接拦住了他。他已经醉得稀里糊涂了。我跟他说，莫罗一定是发生了什么严重的事，否则不会到这个时候还不回来，我们理应去弄明白，究竟发生了一场怎样的灾难。蒙哥马利提了一些反对的理由，但都不太站得住脚，最后只好同意了。我们吃了点东西，三个人一起出发。

或许部分原因是当时心里紧张，我们扑进热带地区炽热又寂静的午后的情形，至今仍然是一段异常鲜明的记忆。梅林走在最前面，耸着肩膀，奇怪的黑色脑袋左右转动：先仔细观察着路的一边，然后迅速、警觉地转到另一边。它手无寸铁——遇到猪人的时候，它把斧子弄丢了。一旦打起来，牙齿便是它的武器。蒙哥马利踉踉跄跄地跟在后面，双手插在口袋里，脸低垂着。他一副昏昏沉沉的样子，还为了白兰地的缘故对我绷着脸。我的左臂挂着（幸好是左臂），右手握着左轮手枪。没过多久，我们便顺着一条羊肠小道，穿过了岛上芜杂繁密的草木，朝西北去了。又走了一会儿，梅林停下脚步，警觉了起来，整个人都定住了。蒙哥马利差点一个趔趄撞上它，也跟着停了下来。我们仔细一听，有说话声从树林间传来，脚步声离我们越来越近。

"他死了。"一个深沉、颤抖的声音说。

"他没死。他没死。"另一个声音口齿不太清楚，说得很快。

"我们看见了，我们看见了。"又有几个声音说。

"喂！"蒙哥马利忽然喊道，"喂，那边的人！"

"你喊什么！"我说，立即抓紧了枪。

一阵安静之后，枝叶纠缠的丛林间响起哗啦啦的响声。一处接着一处，六七张脸相继出现——诡异的脸，被诡异的灯火照亮。梅林的嗓子里发出一声低吼。我认出了猿人。我方才其实已经听出了它的声音。有两个是裹着白布的褐脸兽人，我在蒙哥马利的船上见过。同它们一起的，还有两个长着斑纹的兽人，以及那只背驼得厉害、念诵法律的灰色兽人。它灰色的头发披下，遮着脸颊，粗重的眉毛也是灰色，还有几缕灰发从头顶的中分处垂下，盖在后倾的前额上。它体态笨重，脸完全看不见，只有一双奇怪的红眼睛露出来，从草叶间向我们投来好奇的目光。

有片刻没人出声，然后蒙哥马利打了一个嗝，说："谁——说他已经死了？"

猿人向灰发兽人望去，眼神愧疚。"他死了，"这只怪物说道，"它们看见了。"

不管怎样，它们很平静，没有敌意，看起来惊惧又茫然。

"他在哪里？"蒙哥马利说。

"那边。"灰发兽人指了一个方向。

"现在还有法吗？"猿人问，"还必须这样、那样吗？他真的死了吗？"

"还有法吗？"裹着白布的兽人重复道，"还有法吗，第二执鞭人？"

"他死了。"灰发的兽人说。它们站在那儿，一齐看着我们。

"普伦迪克，"蒙哥马利说，用黯淡无光的眼神看向我，"看来他真的死了。"

他们交谈的时候，我一直站在他身后。我开始摸清它们是怎么一回事了，于是猛地往前一步，站到蒙哥马利前面，抬高嗓门说："法的子民们，他没有死！"梅林将敏锐的目光转向我。"他换了形状，换了躯体，"我继续说，"你们会有一段时间见不到他。他就在——那里。"我指向高处，"他在那里看着你们。你们看不见他，但他看得见你们。小心法降下惩罚！"

我直直地盯着它们。它们退缩了一下。

"他伟大，他好心。"猿人一边说，一边怯怯地望向高处的密林。

"另外那只东西呢？"我喝问道。

"那只流血的东西，一边跑一边嘶吼、哭泣，也死了。"灰发兽人说，依旧看着我。

"那还好。"蒙哥马利咕哝了一声。

"第二执鞭人——"灰发兽人又说。

"嗯？"我说。

"说他死了。"

好在蒙哥马利还有几分清醒，能明白我为什么要否认莫罗的死。"他没死，"他慢吞吞地说，"根本没有死。跟我一样，活得好好的。"

"有些人，"我说，"触犯了法。它们会死。有些已经死了。现在，带我们去看看他旧的躯体——他丢弃了那副躯体，因为他不再需要它了。"

"这边，走在海里的人。"灰发兽人说。

就这样，由这六只兽人带路，我们穿过纷乱的蕨草、爬藤和枝干，朝西北边走去。这时传来一声叫喊，枝叶间一阵稀里哗啦，只见一个粉红色的小矮人尖叫着从我们身边冲过去。紧接着，出现了一只穷追不舍的怪兽，身上沾满了血污。它还没来得及停下追赶的脚步，便撞入了我们一行人之间。灰发兽人跳到边上。梅林一声嗥叫，朝它飞扑过去，却被撞到一边。蒙哥马利开了一枪，却没打中，于是低下头，抬起一只手臂，转身就跑。我开了一枪，怪物依旧往这边猛冲；我又开了一枪，距离很近，直接打中了它丑陋的面孔。子弹穿了过去，它的脸瞬间被炸得不成模样。但它还是越过了我，一把抓住蒙哥马利，紧紧拉着他，往他边上栽去，让蒙哥马利也跟着摔了个四仰八叉，倒在它垂死挣扎的身上。

我身边只剩下梅林、怪物的尸体和趴倒在地的蒙哥马利。他慢慢坐起身，懵懂地看着被打得血肉横飞的兽人，酒醒了一大半。他急忙爬了起来。接着，我看见灰发兽人小心翼翼地从树林间走出来。

"看吧，"我指着兽人的尸体说，"法不是还在吗？这就是违法的下场。"

它注视着尸体。"他降下致命的火。"它用低沉的声音，念诵着几句法。其他兽人也围过来，盯着尸体看了一会儿。

最后，我们继续往岛屿的西端靠近。路上，我们看见了被撕咬过的、残缺不全的美洲狮。它的肩胛骨被子弹打得粉碎。离它大约二十码远的地方，我们终于发现了搜寻的目标。

莫罗脸朝下，趴在藤丛中一块被踩平的地上。他的一只手腕几乎被割断，银白的头发浸在血泊之中。他的头被美洲狮用脚镣猛击了好几下。身下折断的藤草也沾满了血污。我们找不到他的枪。蒙哥马利将他翻过身来。在七只兽人的协助下，我们抬着他，走走停停——他实在很重，回到了院子里。

夜色渐渐深了。我们听见两次兽人的咆哮、尖叫。它们从我们一行人边上经过，却看不见踪影。那只粉红色的树懒人出现了一下，盯着我们看了一会儿，然后又消失了。不过我们没有再遭到袭击。

在院子的大门口，陪着我们的兽人与我们分别，梅林也去休息了。我们走进去，把门锁上，将莫罗血肉模糊的尸体抬进后院，放在一堆柴火上。

接着，我们走去实验室，了结了那里所有的活物。

第十九章
蒙哥马利的"公休日"

蒙哥马利和我将实验室收拾完毕，洗漱用餐之后，来到了我的小房间，第一次认真地讨论我们的处境。那时已近午夜。他的酒醒得差不多了，心里却是一团乱麻。他受莫罗的言行影响太深，十分奇怪。我想，他应该从未想过莫罗会死。他在这岛上度过了单调的十年，甚至更久，种种习惯已经成了他本性的一部分，而这场灾难却使得这些习惯在顷刻间分崩离析。他说话含糊不清，答非所问，心不在焉地问我一些笼统的问题。

"这个愚蠢的世界，"他说，"真是一塌糊涂！我从来都没有像样的生活。真不知道什么时候能过上。被护工和老师随心所欲地欺凌了六年，在伦敦埋头苦读医学五年，吃的东西差，住的地方烂，穿的衣服烂，还犯了那烂罪、大罪——我那时候知道什么？然后就匆匆忙忙来到这野蛮的岛上。在这里待了十年！这一切是为了什么，普伦迪克？这一切是为了什么，普伦迪克？难道我们是被小孩吹来的肥皂泡吗？"

这些疯话实在难对付。"现在我们需要思考的，"我说，"是怎样逃出这座岛。"

"逃出去有什么用呢？我是个被放逐的人。有哪里能容得下我呢？你当然没事啦，普伦迪克。可怜的老莫罗！我们不能把他丢在这里，任由尸骨被分食。他已经没个人样了。再说，还有些善良的兽人，他们怎么办呢？"

"嗯，"我说，"这个明天可以处理。我在想，我们可以用柴火搭一个火堆，烧了他的遗体——还有其他那些东西。兽人们该怎么办？"

"不知道。那些食肉猛兽改造的兽人，迟早都会干蠢事的。我们总不能把它们全都杀了，对吧？我想人性不允许这样做吧？但是，它们是会变的。它们一定会变的。"

他就这样左右摇摆地念叨着，我终于忍不住发了脾气。

"该死的！"见我有些性急和暴躁，他喊道，"你难道不明白，我所处的困境比你的更糟糕吗？"接着他站起来，去拿白兰地。"喝！"他走回来的时候说，"你这个喜欢钻牛角尖、脸皮苍白、信奉无神论的圣人，喝！"

"我不喝。"我说，坐在那里冷冷地看着他。燃烧的石蜡发出黄色的光，映着他的脸。他把自己喝成了一副唠唠叨叨的悲惨模样。

我记得他的话无聊乏味，好像永远也说不完。他东拉西扯，开始用酒后伤感的语气为兽人和梅林说好话。他说，唯一一个关心他的只有梅林。忽然他想起了什么。

"我真是该死！"他一边说，一边踉踉跄跄地站直身体，紧紧抓着白兰地的酒瓶。

凭着刹那间的直觉，我知道他要干什么了。"你不能给那个畜生喝酒！"我说着，站起来，面对着他。

"畜生！"他说，"你才是畜生。它喝酒就像基督徒。别挡道，普伦迪克！"

"看在上帝的分上。"我说。

"别……挡道！"他吼道，忽然掏出他的手枪。

"好吧。"我说，站到了一边。他伸手去开门闩的时候，我有点想扑到他身上，但一想到我那只没什么用的手臂，还是作罢。"你把自己也变成了畜生。你就去找那些畜生吧。"

他用力打开门，在黄色灯光和苍白月光交汇的地方，侧脸朝着我站在那儿。他的眼窝就像是粗短的双眉下的两块黑团。

"你就是个一本正经、道貌岸然的人，普伦迪克，你这个蠢货！你总是怕这怕那，想些有的没的。我们的处境很危险。明天我一定会割了自己的喉咙的。我今晚要过个该死的公休日。"他转身,走到月光里去。"梅林!"他喊道,"梅林,老朋友!"

银色的月光下,三只兽人的身影沿着苍白的海滩走来。一个是裹着白布的兽人,另外两团黑影跟在后面。它们停下脚步,凝望四周。然后我看见了梅林弓着的背,它绕过房子的拐角处走过来。

"喝!"蒙哥马利喊道,"喝,你们这些畜生!喝了就能变成人!要死,我真是绝顶聪明。莫罗把这给忘了。这才是点石成金的一步。我叫你们喝!"他挥着手中的酒瓶,像是跳着步伐轻快的狐步舞似的,朝西边走去。梅林走在蒙哥马利和三只看不清模样的兽人之间。

我走到门口。蒙哥马利停下脚步时,他们已经在朦胧的月光中变得难以分辨。我看见他授予了梅林一口不掺水的白兰地,五个人的身影融合成了模糊的一团。

"唱!"我听见蒙哥马利大喊,"一起唱!'普伦迪克这个老东西!'对,再来一遍,'普伦迪克这个老东西!'"

黑色的一团又分散成五个身影,慢慢地沿着歪歪扭扭的路线,顺着绵延着的亮闪闪的沙滩,离我越来越远。每一只都在随心所欲地号叫,喊着侮辱我的话,或是借着白兰地这一股从未体验过的劲,各种撒气、发泄。过了一会儿，我听见蒙哥马利喊："右转！"它们便高高低低地叫喊着，跑进内陆漆黑的树丛中去。它们的声音一点一点变弱，最后消失在寂静之中。

月色灿烂的夜晚又恢复了平静。月亮已经穿过了子午线[1]，朝西边落去。今晚是满月，凌驾于空荡荡的深蓝色天空中，显得格外明亮。我的脚边投着围墙的影子，一码宽，墨黑色。往东延伸的海面是一片平平无奇的灰，阴暗神秘。在海和墙影之间，沙子（火山玻璃和水晶[2]形成的颗粒）闪闪发光，整片沙滩仿佛铺了一层钻石。身后的石蜡灯发出炙热、绯红的火光。

我关上门，锁了起来，走到院子里。莫罗和他最近的受害者——猎犬、美洲驼和其他可怜的野兽——一起躺在那里。即使他死状惨烈，他的大脸却依然平静，严厉的眼睛睁着，凝望天空中死白的月亮。我坐在水池边，眼睛盯着那可怕的一团，银光和不祥的黑影交错。我开始反复思考我的计划。早上，我先搜集一些供给，搬去小船上，然后点火烧了眼前的这一堆东西，就可以再次独自往外海去了。我觉得蒙哥马利已经救不了了，他其实已跟兽人有五分相似，不适合与人类为伍了。

---

1. 子午线（meridian），即经线。此处指夜空的正中。
2. 水晶（crystals），指火山喷发出来的熔岩形成的玻璃或水晶。

我记不清我坐在那儿计划了多久，一定有一小时光景。后来，蒙哥马利回到了附近，打断了我对计划的思考。我听见一齐发出的叫喊声，然后一阵混乱的欢呼从高处传来，朝着沙滩而去——高呼，咆哮，兴奋的尖叫，到了水边才歇下来。骚乱声起起落落。我还听见沉重的撞击声和木头被打碎的声音，但这并没有困扰到我。参差不齐的吟诵开始了。

我的思绪又回到了逃跑的计划上。我站起来，拿上灯，走到一间牲口棚里去找我曾看见过的小桶。我看见一些饼干筒，想知道里面装了什么，于是打开了其中一只。我眼角的余光瞄到一个什么东西——一个红色的身影，我立即转过身。

我的身后只有庭院，在月光下黑白分明，一堆木头和几捆柴火上面躺着莫罗和他肢体残缺的受害者，一个叠着一个。它们似乎都抓着彼此不放，扭打在一起，好像是想要进行最后的复仇。莫罗的一道道伤口开裂，像夜晚一样黑，血滴在沙地上，形成一摊摊的黑块。然后我看见了方才的鬼影，虽然并没有明白那是什么——一道红光靠近，跃动了几下，跳上了对面的墙。我以为是虚惊一场，想着大概是灯火闪烁的反光，于是转回身，继续研究棚里的储备。我接着翻找，尽单手之力所能及，找到一些好用的东西后，一件接着一件，放在一旁，作为明天的出航之用。

我翻找得很慢，时间飞快地过去。不知不觉，晨光照到了我的身上。

吟唱逐渐平息，取而代之的是喧闹，然后吟唱重新开始，而后，忽然爆发出一阵骚动。我听见"还要！还要！"的叫喊声，像是在吵架，并且还有一声狂野的尖叫。这些声音的特点转变太大，引起了我的注意。我走出棚子，在庭院里听。这时，就像是一把刀划过一片混沌，传来了一声枪响。

我立马跑过我的房间，来到狭小的门口。跑过去的时候，我听见身后有一些货箱滑落，撞在一起，玻璃摔碎在牲口棚地上的声音。但我无暇顾及，一把推开门往外看。

在船库那边的海滩上，一堆篝火熊熊燃烧，将点点火花送上微弱的晨曦之中。篝火旁有一群黑影在打斗。我听见蒙哥马利在喊我的名字，于是我手里握着枪，拔腿就往篝火跑去。我看见蒙哥马利的枪喷出一条粉红的火舌，几乎贴着地面射出。他摔倒了。我用尽所有力气叫喊，朝空中开枪。我听见有人喊："主人！"纠缠在一起的黑影四散，篝火窜了一下，又缩了回去。面前的那群兽人霎时间仓皇而逃，朝沙滩高处跑去。我激动之下，朝着它们逃窜的背影开枪。它们消失在了灌木丛中。我这才去看地上的那几团黑影。

蒙哥马利躺在地上，灰发兽人摊开四肢压在他身上。它已经死了，但依然用弯曲的爪子抓着蒙哥马利的咽喉。旁边趴着梅林，一动不动，脖颈被咬开了，手里拿着碎了的白兰地酒瓶的上半部分。篝火旁边躺着另外两个兽人，一个没了动静；另一个有一阵没一阵地呻吟着，不时缓缓地抬起头，随后又垂下去。

我抓住灰发兽人，把它从蒙哥马利的身上拖下来。我拖它的时候，它的爪子好像不情愿似的，还拉着蒙哥马利被扯破的外套。蒙哥马利满脸乌黑，几乎没了呼吸。我往他脸上洒了一点海水，卷起我的外套垫着他的后脑勺。梅林死了。篝火旁那只受伤的动物是狼人，络腮胡，脸是灰色的。它躺在那儿，我发现它的上半身贴在依然烧得通红的木头上。这可怜的东西伤得太重，我见它实在可怜，赶紧给了它脑袋一枪。另一个是裹着白布的其中一只牛人。它也死了。其余的兽人，都从海滩上逃走了。

我回到蒙哥马利身边，跪在他边上，骂着自己不懂半点医学。旁边的篝火快要熄灭了，只有烧焦的圆木中间通红，混着烧柴火枝剩下的灰烬。我突然生起好奇，蒙哥马利哪来的木头。转眼间，我发现晨光已经降临。天空又亮了一点。亮蓝的日光中，西落的月亮变得苍白、暗哑。东边的天空镶着红边。

忽然，我听见身后砰的一声，有东西嘶嘶作响。我转过头一看，吓得一声大叫，跳起身来。在温暖的晨曦之下，大股大股的滚滚黑烟，从院子那边升腾而起。在浓密的黑烟之中，窜起一束束舞动的血红色火舌。接着茅草屋顶也着了火，扭动的火焰快速地在茅草铺的斜顶上蔓延开来。一股火苗从我房间的窗口喷出来。

我马上明白过来发生了什么事。我想起我曾听见的玻璃摔碎的声音——当我冲出来救蒙哥马利的时候，灯被撞翻了。

我满脸绝望，院子里的东西一样也救不出来了。我又想起了自己的逃跑计划，立即转身，去看沙滩上停靠两只船的地方。船不见了！身边的沙地上丢着两柄斧头，木屑和碎片散落四周，篝火的灰烬在晨光下变得越来越黑，冒着青烟。蒙哥马利为了报复我，不让我回到人类当中去，把船烧了！

我怒火中烧，气得一阵哆嗦，差点就想把他那愚蠢的头给打烂了，只见他无助地躺在我的脚边。他的手突然动了一下，那么虚弱、可怜，我的怒气消散了。他呻吟了一下，眼睛睁了一分钟。我跪坐到他身边，抬高他的头。他又睁开了眼睛，静静地望着曙光，然后看向我的眼睛——眼睑合上了。

"对不起……"片刻之后他费力地说，像是努力地想着什么。"留下来的，"他低声说，"这个荒谬的世界留下来的，真是一塌糊涂……"

我听着他说。他的头无助地垂向一边。我想或许喝点酒能让他有点力气，可是那里既没有酒，也没有便携的装酒器皿。他好像一瞬间变得更沉了。我的心一下子就凉了。

我俯下身子，贴近他的脸，一只手伸进他衬衫的破口里。他死了。他死的那一刹那，一轮白色的温热在比海岬更远处的东方升起，太阳将四射的光芒洒满天空，把昏暗的海面变成了一片翻滚着的凌凌波光。就像圣光照在了他死后干瘦的脸上。

我让他的头轻轻地落在我做的枕头上，站起身来。面对闪着光的荒凉大海，我早已在那可怕的孤独之地饱受了煎熬。我身后的小岛在晨光下一片寂静，兽人没了动静，也没了踪影。那堆满了供给和弹药的院子，喧闹地燃烧着，不时猛地蹿起几股火焰，断断续续地响着噼啪声，偶尔还有坍塌声。浓重的烟雾往海滩高处飘去，离我越来越远，翻滚过远处的林梢，朝着沟壑里的小屋而去。我的身边是船只烧焦的残骸，以及四具死尸。

随后，从灌木丛走出来三只兽人，它们耸肩，头往前伸，笨拙地握紧畸形的手，瞪着好奇、不友好的眼睛，试探似的朝我靠近。

第二十章

独自和兽人相处

面对这些兽人，面对陷入兽人群之后的命运，我，单枪匹马——对于断了一只手臂的我来说，也只能是"单枪"了。枪在我的口袋里，已经空了两腔。还有两柄用来劈船的斧头，散落在沙滩上的木头碎片里。

身后的潮水慢慢涨高了。除了壮起胆子，没有别的办法了。我直直地盯着越走越近的怪物的脸。它们躲避着我的目光，抽动着鼻子，闻着沙滩上离我稍远处的尸体。我走了六七步，捡起被狼人的尸体压着的血迹斑斑的鞭子，啪地挥了一下。它们停了下来，看着我。

"敬礼！"我说，"鞠躬！"

它们迟疑了。其中一只屈膝了。我重复了一遍命令，心已经提到了嗓子眼，朝它们走去。

一只跪下了。接着，另外两只也跪下了。

我转身往尸体那边走去，脸依旧对着那三只跪下的兽人，很像演员走上舞台时面朝观众的样子。

"它们触犯了法律，"我说，一只脚踩在诵法者的尸体上，"它们被处决了——甚至诵法者也是。就连第二执鞭人也不例外。伟大的法！来看看吧。"

"没人能逃。"其中一只一边说，一边走过来看。

"没人能逃。"我说，"所以你们听命令，按我说的做。"它们站起来，怀疑地面面相觑。"站在那里。"我说。

我捡起斧头，挂在手臂的吊带上。我把蒙哥马利翻过身，捡起他还剩两发的手枪，又弯腰去翻找，在他口袋里发现了六发子弹。

"抬起他。"我说着，重新站起身，用鞭子指着蒙哥马利，"抬起他，把他往海边抬，扔到海里去。"

它们走上前，显然对蒙哥马利依旧心怀畏惧，但更怕我那啪啪响的血红的鞭子。它们支支吾吾地犹豫了一阵子。我又抽鞭子又喊，它们终于小心翼翼地把他抬起来，抬到海滩低处，蹚进闪闪发光、潮水汹涌的大海中。

"往前！"我说，"往前！抬远点！"

它们走到海水跟腋下齐平的地方，停住了，望着我。

"扔掉吧。"我说。一大朵浪花溅开，蒙哥马利的遗体不见了。我的胸口好像有什么东西紧了一下。

"做得好！"我说，嗓子都喊破了。它们匆忙又害怕地往回走，来到水边，身后银色的海面上，留下两道黑色的尾波。它们在水边停下了，转过身望向海面，仿佛过了一会儿后，蒙哥马利就可能会从那里出现，向它们寻仇。

"现在，这些也扔了。"我指着其他尸体说。

它们小心翼翼地不靠近把蒙哥马利丢进海里的地方，抬着四具尸体沿着沙滩斜着走，走了大概一百码，才蹚入水中，把尸体丢出去。

当我看着它们处理梅林血肉模糊的尸体时，我听见身后传来轻柔的脚步声。我迅速转身，看见离我十二码的地方，有一个壮硕的鬣狗猪人。它低着头，雪亮的眼睛盯着我，粗短的手紧紧握着，贴在身体两侧。我转过来的时候它才站住，摆出猫着腰的姿势，视线看向了别处。

我们就这样四目相对了片刻。我放下鞭子，抓住了口袋里的手枪。我想一有借口就杀了这只畜生，岛上现存的兽人中，最让人害怕的便是它。这样似乎有奸诈之嫌，但我已经下定了决心。其他任何两只兽人加在一起，都没有这只令我害怕。我明白，它继续活命，便是对我生命的威胁。

我用了大概十几秒的时间镇定了情绪，然后喊道："敬礼！鞠躬！"

它咧嘴吼了一声，尖牙一闪而过："你是谁，我凭什么要——"

　　或许神经已经有点太紧绷了，我掏出手枪，迅速地瞄准，开枪。我听见它一阵狂吠，看着它往边上跑去，不停地变换方向。我知道没打中，于是用拇指扳下击锤，准备打第二发。但是它跑得飞快，还左右跳，我害怕再次失手。它不时地回头看我。院子依旧燃烧着，它沿沙滩斜着跑，最后消失在喷涌而出、滚滚而上的浓烟之下。我站在那儿，盯着它的背影看了一会儿，然后转身看向那三只恭顺的兽人，示意它们扔下还抬着的尸体。我走回篝火边原本放尸体的地方，踢着沙子，直到盖住所有褐色的血迹。

　　我摆了摆手，遣散了三个奴隶，走进沙滩高处的灌木丛。我手里拿着枪，鞭子和斧头一起塞在手臂的吊带里。我孤身一人，很紧张，翻来覆去地想此时此刻的处境。我开始意识到一件很可怕的事情：整座岛上，如今已经没有一个安全的地方可以让我独处，让我休息、入睡。自登岛以来，我的精力恢复得很好，但在巨大的压力之下，我依然很容易紧张、崩溃。我觉得我应该到岛屿的另一边去，稳固我在兽人中的地位，让它们信任我，以确保我的安全。但我没有勇气。我返回沙滩，转向东边，经过燃烧的院子，走向一处珊瑚沙浅滩向暗礁延伸的地方。这里，我可以坐下思考，背朝大海，面朝任何潜在的意外。我就那样坐着，脸颊贴着膝盖，炙热的阳光照在头顶，我心里有一种说不出的恐惧。我盘算着该如何活下去，活到被搭救的那一刻（如果真能等来的话）。我尽可能平静地分析整个处境，但要撇开情感真的很难。

我开始在心里琢磨蒙哥马利绝望的原因。"它们是会变的，"他说过，"它们一定会变的。"还有莫罗，莫罗说了什么？"那顽固不化的野兽血肉会一天天地长回来。"然后我又想到鬣狗猪人。我确信，如果我不杀死那只畜生，它一定会杀了我。诵法者死了——真倒霉。它们现在知道了，我们这些执鞭人也能跟它们一样被杀。它们会不会已经躲在那片蕨草和棕榈树的绿丛中，盯着我，等我走到它们能扑倒我的范围内？它们是不是在密谋对付我？鬣狗猪人跟它们说了什么？我的想象越跑越远，把我拽入了空想而出的恐惧的沼泽。

海鸟的叫声把我的思绪搅乱了。那群鸟正急急忙忙地往院子那边飞去，因为有一个黑色的东西被海浪冲上了那边的沙滩。我知道那是什么，但我没胆量走回那里把海鸟赶走。沿着沙滩，我开始朝相反的方向走，打算绕到岛屿的东端，靠近兽人小屋所在的沟壑，这样就不必穿越可能有重重埋伏的灌木丛。

大约走了半英里，我发现那三只臣服的兽人中的一只，从内陆的灌木丛里走出，朝我而来。那时，我正因为自己的胡思乱想十分紧张，立即掏出了手枪。即使它做了一些讨好的动作，我也不敢卸下戒备。它向我走近的时候，也很犹豫。

"走开！"我喊道。

这只兽人胆怯的样子，让人一下子就想到了狗。它后退了一点，很像听见命令回家的狗，然后它停下了，用犬科动物的褐色眼睛乞怜似的看着我。

"走开！"我说，"不要靠近我。"

"我不能靠近你吗？"它说。

"不行，走开。"我没有松口，甩了一下鞭子。接着我咬住鞭子，停下来找一块石头，把那只兽人吓唬走了。

孑然一身的我绕到了兽人聚居的沟壑，躲在沟壑与大海之间的草丛中，那里野草和芦苇混杂。我观察着出现的兽人，试着从它们的动作和表情中判断，莫罗和蒙哥马利的死以及痛苦之屋的毁灭，对它们有何影响。我如今才明白，我当时的怯懦是多么愚蠢。要是我有天亮时的那点勇气，要是我没有一个人胡思乱想以至于勇气消退，我或许已经接过了莫罗空出来的权杖，统治了兽人。可事实是我错过了那个机会，沦落到了只能领导三只兽人的地位。

快到中午的时候，有几只兽人走过来，蹲在炙热的沙地上晒太阳。饥饿与口渴在我脑海中颐指气使地叫唤着，盖过了恐惧。我走出灌木丛，握着枪，走向那几个坐着的背影。其中一只转过头来——是狼女——盯着我，其他几只也跟着发现了我。没有一只打算站起来，或向我敬礼。我实在虚弱、疲惫，因此也没有坚持，跳过了这一环节。

"我想要食物。"我几乎是带着歉意说的，再向它们慢慢靠近。

"小屋里有食物。"一只牛和野猪合成的兽人懒洋洋地说，然后把目光移开了。

我经过它们，走到几乎被废弃、只剩下阴影和臭味的沟壑中。在一个没有兽人居住的小屋里，我大口大口地吃着已经长了斑点、开始腐烂的果实。吃完后，我捡了些树枝和木棍支在小屋的入口，躺了下来，面朝外，手握枪。三十个小时的劳累终于袭来，我陷入了浅睡，希望有意外发生时，这些竖起来的薄弱屏障能在它被移开时发出足够响的声音。

第二十一章
兽人退化

就这样，我成了莫罗博士岛上兽人中的一员。我醒来的时候，周围一片昏暗，包扎着的手臂很疼。我坐起身，还在想自己在哪儿。外面传来了粗哑的说话声。然后我发现屏障不见了，小屋的入口敞开着，但枪还在我手里。

我听见有什么东西在喘息，发现是有个东西蜷缩在我身边。我屏住呼吸，想看清那是什么。它开始慢慢地动起来，而且没有要停的意思。接着，一个柔软、温暖、潮湿的东西爬上了我的手掌。我全身的肌肉都绷紧了，飞快地把手抽了回来。我被吓得几乎要喊出来，不过叫声被我压在了喉咙里。我这才明白到底发生了什么事，于是没有扣动枪上的手指。

"是谁？"我用嘶哑的声音低声说，枪对准那边。

"是我，主人。"

"你是谁？"

"它们说现在没有主人了。但我明白，我明白。我把尸体抬进了海里，喔，走在海里的人！那些你杀了的人的尸体。我是你的奴隶，主人。"

"你是我在海滩上遇见的那只吗？"我问。

"正是，主人。"

这只兽人显然很忠诚，否则完全可以趁我睡着的时候对我下手。"很好。"我说着，伸出一只手，让它行吻手礼。我开始明白它的出现意味着什么了，顿时胆子大了起来。"其他人呢？"我问。

"它们疯了，它们是傻子。"狗人说。"它们现在还在那边说，说什么：'主人死了。第二执鞭人死了。走在海里的人跟我们一样。我们再也没有主人，没有鞭子，没有痛苦之屋了。结束了。我们爱法，会继续守法；但永远也不会有痛苦，不会有主人，不会有鞭子了。'它们这样说。但我明白，主人，我明白。"

我在黑暗中摸索了一下，拍了拍狗人的头。"很好。"我重复了一遍。

"不久你就会把它们都杀了。"狗人说。

"不久，"我答道，"我会把它们都杀了——再等几天，等先准备好一些事情之后。除了你觉得应该赦免的，它们所有人，每一个都要被处决。"

"主人想杀谁就杀谁。"狗人说，语气里带着些心满意足。

"它们的罪过会越来越深，"我说，"让它们愚蠢地继续活着吧，直到时机成熟。让它们知道我就是主人。"

"主人的决定真是英明。"狗人说。它那狗的血统自带圆滑。

"但有一个已经犯了罪过。"我说，"只要我见到它，就会杀了它。如果我跟你说'就是它'，你就扑上去。现在我要到聚集在一起的兽人男女那里去了。"

狗人走出小屋的瞬间，入口处的光亮被挡住了。我跟着它站起来，这里差不多就是莫罗和他的猎犬追捕我的地方。但此时是黑夜，周围的沟壑里弥漫着黑色的瘴气。远处没有那阳光照耀、绿植覆盖的斜坡，而是一团红色的火。火的跟前是驼背、畸形的身影，来来回回地移动。更远处是浓密的树丛，漆黑一排，树梢末端像缀了一圈黑色的花边。月亮刚刚升到沟壑边沿，岛上的火山喷气口喷出无穷无尽的蒸汽，就像是月亮的脸上横着的一道杠。

"走在我身边。"我说着，鼓起勇气，和它并排穿过狭窄的通道，没有去管在小屋里盯着我们的一个个朦胧的小东西。

火堆边上的兽人没有一个打算向我敬礼，大多数直接明目张胆地忽视了我的出现。我看了一圈，寻找鬣狗猪人。但它不在那里。总共大约有二十只兽人，蹲在那儿，有的盯着火堆，有的在交谈。

"他死了，他死了！主人死了！"我右边的猿人说。"痛苦之屋——没有痛苦之屋了！"

"他没有死。"我大声说，"甚至此刻，他都在注视着我们！"

它们被我吓了一跳。二十双眼睛齐刷刷地看向我。

"痛苦之屋是没了，"我说，"但还会再有的。至于主人，你们看不见。但此刻，他正听着你们说话。"

"对，对！"狗人说。

我言之凿凿的话语，让它们一阵彷徨。动物或许凶猛、狡猾，但只有真正的人才懂得怎么撒谎。

"包扎着手臂的人说了一件奇怪的事。"其中一只兽人说。

"这是真的，"我说，"主人和痛苦之屋会再有的。犯法之人必有大祸！"

它们面面相觑，眼神里满是好奇。我表面上摆出冷漠的样子，开始用斧头随意地剁着跟前的地面。我注意到，它们盯着我在草皮上剁出来的一道道深深的口子。

萨堤尔提出了一个疑问，我回应了它。接着一个长着斑点的兽人表示反对，在火堆周围开始了热烈的讨论。我越来越确信，目前我应该是安全了。此时，我说话不再因为紧张、激动而接不上气——一开始话说不顺让我很着急。过了一个小时光景，我已经让几只兽人完全相信我说的话是真的，剩下的大多数也半信半疑。我警惕地留意着我的敌人——鬣狗猪人，但它没有出现。偶尔有些可疑的动静让我一惊，但我的信心越来越足。然后，月亮不知不觉间已从天顶处落下来，听我说话的兽人一个个地打起了哈欠（在渐渐微弱的火光里露出那怪异至极的牙齿），随后一个接一个地离开了，回到了沟壑里的巢穴中。我害怕寂静和黑暗，就跟它们一起走了。我知道，和几个兽人待在一起，比独自一人更安全。

以这种方式，我开始了在莫罗博士岛上暂居生活的后半段，时间甚至比前半段更加漫长。但从那一晚起，直到暂居生活结束，除了数不清的让人讨厌的细枝末节，以及从未停止的不安带来的苦恼，只有一件事值得一提。因此，那段时间发生的事，恕我不再记述了。和半人半兽的怪物们密切交往的十个月中，我只挑一件至关重要的事来说。我的记忆中留下了许多事可以写——那些我宁愿遗忘的事。但对于整个故事的叙述来说，讲那些小事并无助益。

回想起来，我依然记得自己很快就习惯了那些怪物的生活方式，重获了它们的信任——这实在奇怪。当然，我跟它们有过争吵，也可以给你看看它们在我身上留下的牙印，但不久，它们便因为我投掷石块的把戏和用斧子砍东西的本事，对我有了不折不扣的尊敬。我忠诚的圣伯纳犬人听从我的一切命令。我发现，它们衡量对方值得多少尊敬，主要基于对方带来多少皮肉之痛的能力。说实话，我可以说——希望听上去不是在炫耀——我在它们当中有很高的地位。罕有的一次，我很激动，把一两只兽人伤得很深，它们因此对我心怀怨恨，但大多数时候，它们只在我看不见的地方做做鬼脸，发泄情绪，与我的子弹保持安全距离。

鬣狗猪人一直避着我，我也一直对它保持警惕。从不离开我身边的狗人极度憎恨它，也害怕它。我至今坚信，这是它依附于我的根本原因。没过多久我就明白了，鬣狗猪人尝到了血的滋味，重蹈了豹人的覆辙。它在森林中的某处造了一个洞穴，独自住在那儿。有一次，我试着诱导兽人去追捕它，但我不够权威，无法让它们为了一个共同的目标合作。我几次三番试图接近它的洞穴，想趁它不注意的时候攻击它，但对我来说，它还是太敏锐，总是能发现我或是绕开我，得以逃生。而它的存在，也让森林里的每条路都变得危险，我和我的盟友不得不小心它的埋伏。狗人几乎从不离开我的身边。

在大概头一个月里，兽人和之后的状态相比，还是有足够的人性的。除了我犬科的朋友，我甚至还从另外一两只那里感受到了对朋友的那种接纳。那只粉红色的小树懒人对我表现出了奇怪的好感，跟着我到处走。猴人却让我厌烦，它自以为凭着有五个指头，便与我平起平坐，对着我不停地叽里咕噜——说的都是些胡言乱语。只有一点，它让我觉得有趣，它造新词的本领很厉害。我觉得它可能以为，急促又含糊地念一些毫无意义的名称便是语言正确的使用方式。它把这些话称作"大想法"，以便区分"小想法"——日常生活中那些正常的话题。每当我说句它听不懂的话，它就会先极力赞美一番，叫我再说一遍，记在心里，然后走去跟那些没那么聪明的兽人一遍一遍地念，东错一个字，西错一个词。它从不去想简单易懂的东西。我生造了一些奇怪的"大想法"，专给它使用。现在想来，它是我遇见过的最愚蠢的动物。它极其绝妙地发展出了人类特有的愚蠢，却没有丢掉一丁点猴子本性中的愚笨。

这便是我独自生活在兽人之中的头几个礼拜。在那段时间里，它们尊崇法所规定的言行，守规矩，总体上还算守礼仪。有一次，我发现又有一只兔子被撕成了碎片——我觉得是鬣狗猪人干的，但那是仅有的一次。

直到五月，我才第一次清晰地感受到它们言语、姿态

171

中明显的变化。它们的发音越来越粗糙，越来越不愿意交谈。猴人说的胡话多了几倍，却越来越难以理解，越来越像猿猴本身的叫唤。其他的一些兽人似乎都开始忘记了怎么说话，不过那时，它们还是能听懂我跟它们说的话。（你能想象，曾经清晰、精确的语言，如今听上去软弱无力、含糊不定，失去了形式与意义，成了一连串跛行的音符吗？）同时，它们的直立行走变得愈发困难。它们显然对自己感到羞愧，我偶尔还会遇到一两只兽人，奔跑的时候脚尖和指尖都着地，无法恢复到直立的姿态。它们抓握东西愈发笨拙，喝水变成吮吸，进食变成啃咬，这样的情况越来越普遍。我比以往都要清楚地记起莫罗跟我说的"野兽血肉"是什么。兽人们在退化，并且退化得非常迅速。

我惊讶地发现，当中退化得最快的几只兽人都是雌性。它们开始无视为追求得体而设的禁令，而且大多时候是有意违反。还有一些甚至公然违反一夫一妻制。很明显，法的传统正在失去威力。这一话题实在令人厌恶，我就不再多说。

我的狗人不知不觉也退化成了狗。一天又一天，它变得沉默寡言，逐渐用四肢行走，毛发也愈发旺盛。我几乎没有觉察到，我右手边的同伴，变成了一只在我身旁走路趔趄的狗。

随着无视与无序与日俱增，小路两边居住的巢穴——虽然以前也从来称不上温馨——变得非常恶心，于是我离开了那里，来到岛屿的另一边，在莫罗漆黑的院子的废墟里，用粗大的树枝给自己搭了一间小屋。兽人还保留着对这里的痛苦记忆，因此，这里还是最安全的地方。

我不可能详尽地写下这些怪物退化的每一步，记述人的样貌如何一天天地从它们身上消退；如何放弃包扎伤口、包裹躯体，放弃最后一片衣物；毛发如何重新布满它们光溜溜的四肢；它们的前额如何后倾，面孔前凸。我在孤独的头一个月里，下决心与它们形成犹如人类之间的亲密关系，如今想起来，又是多么恐怖，多么令我战栗。

变化缓慢而必然。不管是对于它们还是对于我，都没有对发生退化的过程感到震惊。我在它们之间走动时依然安全，因为在这个逐渐滑落的过程中，还没有什么震荡因素，使得那一天天将人类特征驱逐出身体的动物本性完全释放，爆发式地发起更大规模的进攻。但我现在开始害怕，剧变很快就要到来。我的圣伯纳犬每天晚上跟着我回到院子那边。它为我守夜，好让我勉勉强强能睡个安稳觉。粉红色的小树懒变得害羞，不再跟着我，爬回了树枝间，过上了天然的生活。我和兽人处于一种平衡的状态，就像是驯兽师会展出的那种叫作"欢乐大家庭"的兽笼[1]——如果驯兽师不去碰那些兽笼，让它永远保持下去的话。

当然，这些动物不会退化成读者在动物园里看见的那种野兽，不会变成普通的熊、狼、虎、牛、猪或猿猴。它们每一只依然残留着一些奇怪之处。莫罗改造每一只动物的时候，都混入了其他动物的特征。可能有的主体是熊，有的主体是猫科动物，有的主体是牛，但每一只都带着其他动物的色彩，在各自不同的性情里显现出一种普遍意义上的动物性。那逐渐萎缩的人性依然会不时地令我震惊——或许是偶尔再次开口说话，或许是前肢出人意料的灵巧，或许是想要直立行走的可怜模样。

我也一定经历了一些奇怪的变化。我的衣服像黄色的破布垂挂在周身，破洞处露出晒得黝黑的皮肤。我的头发更长了，纠缠在一起。甚至到今天，我的眼睛还是异常明亮，行动间带着敏锐的警觉。

一开始，我会在南面的海滩上度过白天，等待船的出现，希望、祈祷船的出现。我指望着"吐根号"能随时间的流逝回到这里，但船从来没有出现。我看见五次帆影，

---

1. 19世纪，一些博物馆会将不同种类的动物放在同一个笼子里，展现它们和平相处的景象。

三次烟，但没有一艘船停靠小岛。我总是准备好篝火，但毋庸置疑，火山岛的名声会让人们以为那是火山喷发。

大约到了九月或十月，我开始想造一艘木筏。那时我的手臂已经痊愈，又有两只手可以使唤了。起初，我的无能让我自己都惊讶。我这辈子从未干过木工，或是任何类似的活。我在树林里一天天地试验砍树、捆扎。我没有绳子，也找不到任何可以制作绳子的东西。那些茂密的爬藤看起来不够柔韧、结实，并且凭借我所受的零零散散的科学教育，我也想不出任何办法让它变得柔韧、结实。我花了两周多的时间，在院子漆黑的废墟中翻找，希望能找到钉子和其他散落的金属部件，或许能派上用场。偶尔会有一些兽人看着我，我一朝它们喊，它们便跳跃着跑开。接着雷雨季来临，暴雨不断，大大地拖慢了我的工作。但最后，木筏还是制作完成了。

我很高兴。但我缺少一点实用意识——这一直是我的祸根——制作木筏的地方距离大海有一英里多。没等我把它拖到沙滩上，它就已经散架了。或许也是因为没能成功下水，我才保住了性命，可是当时，失败的痛苦实在太过强烈，接下来的几天我都闷闷不乐地待在沙滩上，盯着海水，想过一死了之。

但是，我不是真的想要寻死。后来发生了一件事，真切地警醒了我，这样一天天地让时间流逝是不对的。因为每当新的一天来临，都意味着有了更多来自兽人的危险。

我当时正躺在院墙的影子里，望向海面，忽然被吓了一跳——有一个冷冰冰的东西碰到了我脚后跟的皮肤。我猛地四下一看，发现那只粉红色的小树懒对我眨巴着眼睛。它失去语言能力已经很久了，也很久没有活动了。小东西细长的毛发日益繁密，粗短的爪子更加歪歪扭扭。我发现它的时候，它发出一阵呻吟，往灌木丛那边走了一点，回过头来看着我。

一开始我没懂，但很快我想到它可能是想让我跟着它走——我便照做了。天气很热，我走得很慢。我们走到树林里后，它爬上了枝叶，因为它攀着爬藤比在地面上行进得更快。忽然，在一块被踩踏过的地方，我遇上了一番恐怖的景象。我的圣伯纳犬躺在地上，死了，它的尸体旁，蹲着鬣狗猪人，用畸形的爪子掏出抽搐的血肉，一边啃咬，一边咧着嘴发出高兴的吼叫。我靠近的时候，这只怪物抬起怒视的双眼，盯着我的眼睛，嘴唇颤抖着，那嘴唇刚刚还贴着沾满鲜血的牙齿。它险恶地低吼了一声。它没有害怕，也没有羞愧，残存的一点人性已经消失殆尽。我又往前一步，停下脚步，掏出了我的手枪。我终于跟它面对面了。

这只野兽没有要后退的意思，但它耳朵后翻，毛发直竖，身体蜷缩在了一起。我瞄准眉心，开了一枪。我正开枪时，它立直身体朝我扑来，我像九柱球的球瓶¹一样被撞倒在地。它用残疾的手紧紧抓住我，撞了我的脸上。它这一跳，跃到了我的头顶。我摔在了它后半身的下面。幸亏我打中了它——它跳起来的时候已经死了。

我从它肮脏的身体的重压下爬出来，站起身，瑟瑟发抖地盯着它抽搐的尸体。好歹我已脱离了危险，但我明白，这件事只不过是接连而至的兽性必将复发的先声。

我堆了一个柴火堆，烧掉了两具尸体。结束后我意识到，除非我离开这座岛，否则我的死只不过是时间问题。除了一两只兽人，其他的都已经离开了沟壑，凭着自己的习性在小岛的密林中建了巢穴。白天很少有动物潜行，大多数都在睡觉，甚至刚来岛上的人会觉得这是座荒岛，但到了晚上，空中就传来它们的呼号，令人心惊胆战。我有点想进行屠杀，造些陷阱，或者用刀子跟它们搏斗。假如我弹药充足，就会毫不犹豫地开始屠杀。现在，可怕的食肉动物剩下不到十二只，最凶猛的几只已经死了。在这只可怜的狗——我最后的朋友——死了之后，我也试着练习

在白天睡觉，以便在夜里保持警戒。我重新造了院墙里的小屋，入口很窄，任何东西想进来，一定会发出不小的动静。兽人失去了生火的技能，对火又害怕起来。我又开始将木棍树枝钉在一起，造逃生用的木筏，这一次几乎是满怀热情。

我遇上了无数的困难。我的手非常笨拙（在斯洛伊德[1]普及之前，我的学校生涯已经结束了），但最终还是完成了一个木筏所要求的大多数东西，虽然用了一些笨办法，走了一些弯路。这次我留意了木筏的结实程度。唯一一个难以逾越的障碍，是我没有装淡水的容器，让我能够在这片未知的海域漂流。我本想试试制作陶器，但岛上没有陶土。我那时常常没精打采地满岛游荡，想要用尽一切法子，解决这最后一个困难。有时我会爆发怒火，在难以忍受的恼怒之下，对一棵不幸的树又砍又劈。但我想不到任何办法。

然后我迎来了那一天，那美好的一天，在狂喜中度过的一天。我看见一只往西南方移动的帆影。那是一只很小的帆，像是小纵帆船的帆，我立即点起一大堆柴火，站在边上，站在火堆的灼热和烈日的炙热里，盯着那帆影。我

---

1. 斯洛伊德（slojd），1865 年起源于芬兰的手工教育体系，将手工课作为必修课。这一体系在世界各地得到推广。

一整天都注视着，什么也没吃，什么也没喝，头晕目眩。野兽来到这里，瞪着我，好像想要知道什么，然后又离开了。夜幕降临时，帆船依旧在很远的地方，逐渐被夜色吞没。我一整晚都忙着让火堆烧得又高又旺。野兽的眼睛在黑暗中闪闪发光，似乎是对所见的一切感到惊奇。天拂晓时，帆影比昨天近了一点——那是一只小船上肮脏的四角帆。但它行驶的方式很奇怪。我的眼睛都看得酸了。我极目凝望，不敢相信自己的眼睛。船里有两个人，坐在低处，一个在船头，一个在掌舵。船头没有迎着风，它偏了航，斜着漂流。

天越来越亮，我开始朝帆船挥舞仅剩一条破布的外套。但他们没有注意到我，依旧面对面地坐在那里，一动不动。我走到海岬的最低处，一边打手势，一边叫喊。没有应答，船继续漫无目的地漂着，非常缓慢地朝海湾过来。忽然一只白色的大鸟从船里飞出来，两人都没有受惊，甚至没有注意到它。大鸟绕了一圈，舒展开强壮的翅膀，往我头顶这边冲来。

这时我停下了叫喊，坐在海岬的尖角，手托着脸颊休息，盯着海面。慢悠悠地，慢悠悠地，船漂过来了，朝西漂去。我本可以游过去，但有种东西——一种冰冷、模糊的恐惧——阻止了我。下午，潮水将船冲上了岸，离西边院子的废墟大约一百码。船里的人已经死了。他们死了很久，所以当我把船侧过来，把他们拖下船的时候，他们的尸骨都散落了。其中一个人有着跟"吐根号"船长相似的乱蓬蓬的红头发，船底有一只脏兮兮的白帽子。

我站在船边的时候，三只野兽偷偷摸摸地从灌木里走出来，吸着鼻子朝我走来。我忽然泛起一阵恶心。我将小船推下沙滩，爬了上去。其中两只是狼人退化的，抽动着鼻子走过来，眼睛闪闪发光；另一只是熊和牛合成的，可怕而难以归类。我看见它们走近那些悲惨的尸骨，听见它们互相吼叫，牙齿的反光一闪而过。恶心变成了令我发狂的恐惧。我转过身，背对它们，扬起四角帆，开始划桨，朝海里驶去。我不敢再回头多看一眼。

那晚我的船停在暗礁和岛屿之间。第二天早上，我绕到溪流那边，用船上的空桶装了满满一桶水。然后，我尽可能地沉住气，搜集了一些果实，用我最后三颗子弹伏击了两只兔子。这期间，我的船系在往岛的方向延伸的一块礁石上，以防兽人攻击。

第二十二章
独自一人

我在傍晚起航，趁着一股西南边吹来的轻风，往海里缓慢、平稳地驶去。岛越来越小，岛上瘦长的烟雾越来越细，逐渐成了火热的余晖衬托下的一条线。四周的水面越来越高，挡住了那低低的一团黑影。日光——太阳那蔓延的光辉——逐渐从天空中流散，像发光的帘幕一般被拉到一旁。最终，我看向那一片藏匿了阳光的巨大的蓝色海湾，看见了一群一群的星星。大海寂静，天空无声。我独自一人，周围只有黑夜与沉寂。

我漂流了三天，吃、喝都很节省，沉思着发生在我身上的一切，也没有很渴望能再次见到人类。我周身只有一片肮脏的破布蔽体，头发结成了漆黑的一团。谁要是发现了我，一定会认为我是个疯子。

现在想想很奇怪，但我当时没有想过回到人类社会。

我只是很高兴自己能远离兽人的污秽。第三天，我被一艘从阿皮亚[1]开往旧金山的双桅横帆船搭救了。不管是船长还是船员，都不相信我说的故事，认为孤独和险境令我精神失常。我怕其他人也这么认为，从此以后不再和任何人说起我的冒险经历，并且声称记不起在"凡恩女爵号"失踪和被搭救之间的那一年里，自己发生了什么事。

我必须十二万分地留意我的言行，以免别人怀疑我精神不正常。法，两个死去的水手，黑暗中的埋伏，藤丛中的尸体……这一切回忆历历在目。同时，很奇怪的是，当我重返人类社会后，得到的不是我所期望的信任和同情，反而，我在岛上曾经历过的不安与恐惧变本加厉了。

没有人相信我。

我在人们眼中，几乎与我在兽人眼中一样古怪了。或许我从同伴身上沾染了一些自然的野性。他们说恐惧是一种疾病，不管怎样，如今看来，一种难以平息的恐惧已在我心中居留了数年，就像是一头半驯服的幼狮能感受到的那种难以平息的恐惧。

我的困扰有着奇怪的形式。我无法相信，我遇见的男男女女不是兽人，不是模仿人类灵魂的外在表现而部分改

---

1. 阿皮亚（Apia），位于太平洋中南部的港口城市，今萨摩亚的首都。

造的动物，无法相信他们之后不会退化，接连显露出这样或那样的野兽的痕迹。

但我曾向一个有奇怪才学的人坦承过我的经历。这个人认识莫罗，似乎有些相信我的故事。他是一个精神科专家，在他的帮助下我好了很多，尽管我并不期望那座岛屿带给我的恐惧能彻底消失。

大多数时候，恐惧只存在于我脑海深处的角落里，仿佛只是一团遥远的云雾，一段回忆，一阵轻微的疑虑。但有时，这团小小的云雾会弥漫开来，遮蔽整个天空。那时，我便会看着四周的人类，陷入恐惧之中。我看见许多脸庞，有的清晰明亮，有的灰暗，有的危险，有的模糊不定，有的虚伪……没有一张脸能平静地折射出一个理性的灵魂。我觉得仿佛会有一头野兽从他们之中跳出来，刹那间岛民的退化会再次发生，并且规模更大。我知道这是幻觉。我知道周围这些看起来是男人、女人的动物，确实就是男人、女人，并且永远会是男人、女人，是完全理性的生物，充满着人类的欲望和温柔的关切，不受本能摆布，不受任何古怪法律的奴役——是和兽人完全不同的存在。但我面对他们时，面对他们好奇的目光，面对他们的询问和帮助，还是会退缩，渴望远离他们独处。正因如此，我住在宽广无人的丘陵地区，一旦黑影漫过我的灵魂，我就能逃到那里去。天空被风吹得万里无云，底下是空旷的丘陵，实在美好。

当我住在伦敦的时候，几乎拿恐惧没有办法。我无法从人群中逃开：他们的声音穿过窗户进来，锁上的门也只是一层轻薄的屏障。我会走出去，到街道上去和我的幻觉作斗争。我会觉得有女人在我身后前行，并且喵喵地叫；有男人鬼鬼祟祟，谋划着什么，嫉妒地打量着我；疲惫、苍白的工人咳嗽着从我身旁经过，双眼倦怠，步伐急促，就像受伤滴血的鹿；老人弯着腰，神情呆滞，一边走过，一边喃喃自语；最后面跟着一群衣衫褴褛、只顾着取笑我的小孩。然后我会拐弯，走进某座小教堂——甚至在那里，我依然心绪难平，布道的人仿佛也在念叨着那些"大想法"，就像猿人那样；或者走进某座图书馆，那里一心扑在书上的脸就像是耐心等候猎物的野兽。最让我反胃的是火车里和公共马车上漠然、毫无表情的人脸。他们仿佛不是我的同类，而是一具具死尸。因此，除非我能确保自己是独自一个人，否则不敢乘车出门。但我似乎也算不上是一个理性的动物，只不过是一个脑子被奇怪的失调所折磨的动物，精神被迫游离，就像是一只犯了眩倒病[1]的羊。

---

1. 眩倒病（gid），一种常见于羊等食草动物之中的疾病，由绦虫的幼虫引发，常见病征是走路蹒跚。

但是感谢上帝，这样的感受如今已经鲜少出现了。我已经远离了混乱的城市和人群，整日与睿智的书籍为伴——它们为我们的生命开了一扇明亮的窗，是作者们闪耀的灵魂将其点亮。

我很少见陌生人，屋子也很小。我将白天的时日都献给了阅读和化学实验，也在清朗的夜晚研究天文。那群星闪耀的夜空，给我以无限的平静和安全感，虽然我不知道这两者以何种形式存在于夜空中，也不知道为什么会存在。

我想，我们体内那超越动物本性的部分，一定要在广阔、永恒的万物之法之中，而非在琐碎的日常、人类的罪过与困扰之中，寻求慰藉与希望。

我必须要有希望，否则我无法生存。

到这里，在希望和孤独之中，我的故事就结束了。

爱德华·普伦迪克

"莫罗博士的解释"一章包含了这篇故事的主要思想，曾作为文学随笔刊登在 1895 年 1 月的《星期六评论》[1]上。这是故事中唯一在先前发表过的部分。为了使其融入此书的叙事形式，对其完全进行了重写。

——赫伯特·乔治·威尔斯

1.《星期六评论》(*Saturday Review*)，19 世纪英国的周报。

译后记

当我们在观看科幻影视时，常常会不由自主地去辨别那些奇特的怪物哪里像人，哪里与人类不同。我们会说大肆屠戮的角色"没有人性"，会在怪物流露出善良时觉得它可以亲近。以人性的标尺去认知世界，大概已经是我们的习惯。

创作于一百多年前的《莫罗博士岛》也一样，以一个"正常"人的视角，叙述了一段离奇、惊悚的经历，毫不隐讳地探讨了人究竟为何为人、科学与伦理、人与自然等母题。我们在阅读这一段虚构的经历时，也可以跟着叙事者一起，去辨认他眼中所见的，究竟是人是兽，思考人与兽的界线究竟在哪里。

一

《莫罗博士岛》虽然哲学意味浓厚，但情节本身并不复杂。叙事者爱德华·普伦迪克遭遇船难，流落荒岛，认识了从事活体解剖实验的莫罗博士，以及博士创造的兽人。人性和兽性的二元对立，是小说的核心。

最显而易见的悬念，是"我"能否在兽人之中活下来，也就是说，兽人究竟有多少人性，会不会伤害"我"。"我"第一次与兽人相遇，是在"吐根号"上看见蒙哥马利的仆人。虽然他闪着幽光的双眼唤起了"我"童年的恐惧，但"我"当时并没有想明白，更多的只是好奇他究竟是什么人。当"我"来到岛上时，陆续见到许多奇怪的人，迷惑不解依旧占据主导。直到"我"独自来到野外，看见兔子的尸体，恐怖的氛围才真正弥漫开来。从这里开始一直到小说最后，"我"独自与兽人相处，这种恐惧都没有消失。

兽人是否真的能变成人的悬念，常常将另一条线索遮蔽。"我"对兽人的恐惧是本能的，除此之外，推动小说发展的另一个重要动机是"我"对莫罗的恐惧。这两种恐惧的对立，让人和兽的界线，变得不那么简单了。

小说前半部分有一处很有趣的转折，"我"被不明身份的野兽追赶，好不容易逃回了院子。但当我目睹被活体解剖的动物时，"我"第一次意识到了内心的害怕，"犹如一道电光划过浑浊喧腾的天空"，"我"选择逃回野外。

在这一刻，对人的害怕远远超出了对野兽的害怕。"我"觉得被活体解剖是"比死还要可怕的命途"，会让自己"沦为一个迷失的灵魂"。在"我"与莫罗言和后，即使莫罗把真相告诉了"我","我"也并没有安心半分。其实在"我"眼里，冷漠无情的莫罗是没有人性可言的。

对于博士来说，人性的湮灭是对于科学的盲目追求，或者是寻求社会认可（博士提到过，有了研究成果就告诉伦敦）。这样的缘由听起来有些遥远，但小说的另一个情节，就让人性的脆弱与游移变得更加现实，让人和兽的界线，变得有些模糊。

小说开篇，"我"和另外两人搭上了救生艇，幸免于海难。但饥渴至极时，竟然有人提议牺牲其中一人，给其他两个人机会。这样的行为，放到兽人的语境中来看，性质其实是一样的，都是为了生存而茹毛饮血。这段情节如果不细看，好像只是为了表现"我"的九死一生。但仔细一想，正是有了这样的经历，才让"我"登岛后很快就开始怀疑莫罗会对人类做活体解剖，因为在内心深处，"我"对人类，或者说对人性，已经失去了信任。

二

"我"对莫罗的恐惧，起初是害怕自己成为活体解剖的对象。但值得注意的是，在第十六章的末尾有这样一段议论：

  我转而陷入了一种病态……我必须承认，我对这世界的"正常"失去了信心，这座岛上创造了无数痛苦的失序，使得"正常"岌岌可危。

可以看出，在接受了兽人的存在之后，恐惧的性质其实悄然发生了转变。对凶猛的野兽和冷漠的人类的害怕，在"我"看来都是可以愈合的。但这种"失序"，使得"我"对社会失去了信心，因为人类社会和自然界的最大区别，正是人创造的秩序。人的秩序一旦崩塌，人类社会是否会退化？

其实这一问题，在作者创作小说时的维多利亚时代，是社会学界很流行的焦虑。在达尔文提出了自然选择的进化论之后，出现了社会达尔文主义，试图将进化论应用于社会学领域，用"进化"的概念解释在人类社会内部发生的政治或意识形态的冲突与变革。

借由"进化"阐发的社会学理论似乎完美地适用于飞速发展的维多利亚时代，正好印证了眼前仿佛永远在进步的社会。但到了19世纪末，有学者对此提出了质疑：随着工业化、城市化的快速推进，贫富差距悬殊、犯罪率上升等社会问题越来越明显，这是否意味着，人类文明其实也会发生退化？

小说中，兽人在失去了莫罗与"法"的约束后，不仅是形体，智力也退回了野兽的状态，最终发生血案。这或许就是作者对当时社会的一种担忧。作者起初将这样的担忧形容为"深切而持久"的"病态"，是在心上留下的永远的伤疤。

小说的最后一章，专门描绘了这样的厌世情绪。只要是身处人群之中，"我"就会陷入恐惧，担心周围的人会在某一时刻变成兽人；最让"我"反胃的，是"火车里和公共马车上漠然、毫无表情的人脸。"此处的恐惧，已经不是小说开头出自动物本能的害怕了，而是对缺乏温度的社会的抗拒。

三

好在小说并没有在绝望中结束。作者借由叙事者说：

> ……我们体内那超越动物本性的部分，一定要在广阔、永恒的万物之法之中，而非在琐碎的日常、人类的罪过与困扰之中，寻求慰藉与希望。我必须要有希望，否则我无法生存。

这里的"万物之法"（eternal laws of matter）耐人寻味。这法则究竟是什么，作者没有明说，只是说通过观察星空或许可以求索。这里的星空代表的是更广阔的宇宙，那么对比之下的"狭隘"，可能既是违反科学规律拼接人兽的莫罗博士，也是无视社会规律只求经济发展的人类社会。

19 世纪 70 年代，通过活体解剖动物进行科学研究的观点传入欧洲，引起了广泛的不满。莫罗博士的"痛苦之屋"就是这种研究手段的化身。从美洲狮的哀号，到目睹活体解剖现场，作者用许多骇人听闻的细节，表现了活体解剖的残忍，同时更加突显了莫罗的冷血无情、不负责任。

莫罗在小说中的形象，不仅是弗兰肯斯坦那样疯狂的科学家，而是接近于上帝，或者说扮演上帝的人。莫罗不仅残忍地肢解动物，并给他们制定了"法"，像是在模仿基督教的"十诫"。这或许就是作者对其进行谴责的哲学或宗教根源：没有人可以凭借自己的理解来左右自然和人类社会的发展。这也是为什么作者会提到星空，因为人类所能观察和了解到的世界，不过是宇宙中的一粒尘埃。创造兽人不过是一个比喻——以湮灭人性和牺牲自然环境为代价的工业化，与莫罗博士又有何异呢？

"我"最后选择了孤独，才获得了希望。或许作者并不是在提倡避世，而是已经有所预料，小说传达的观点与当时社会发展的浪潮必定是格格不入的。身处向上的浪潮之中，个体的出路是阅读前人留下的智慧，同时不断寻求更广阔的"万物之法"。

陈凤金

2021 年 2 月 18 日

附录：
赫伯特·乔治·威尔斯大事年表 [1]

◎ 1866 年　诞生

9 月 21 日，出身于英国伦敦东南部肯特郡布罗姆利（Bromley）的一个贫寒家庭。

其父约瑟夫·威尔斯（Joseph Wells）和其母萨拉·尼尔（Sarah Neal）共育有三男一女，威尔斯是最小的孩子。约瑟夫·威尔斯做过园丁，萨拉·尼尔做过女佣。

当时，威尔斯的父母经营着一家店铺，售卖瓷器和体育用品，但收益甚微。此外，父亲还是一名职业板球运动员，效力于肯特郡板球队，其比赛收入是威尔斯一家的重要经济来源。

◎ 1874 年　8 岁

意外摔断了腿，卧床休养期间，父亲为他从图书馆借来了各

---

1. 由陈震编译。

种书籍，这些书籍带他进入了外面的世界，也激发了他写作的欲望。他由此养成了阅读的兴趣和习惯。

同年 9 月起，威尔斯开始在托马斯·莫利商业学校（Thomas Morley's Commercial Academy）学习，直至 1880 年 6 月。

◎　1877 年　11 岁

父亲大腿骨折，这场意外断送了他作为板球运动员的职业生涯，也让威尔斯一家失去了主要经济来源，而微薄的店铺收入难以维持生计，生活更为窘迫。于是，威尔斯和哥哥们开始进入社会谋生。

◎　1879 年　13 岁

10 月，母亲通过一位远亲亚瑟·威廉姆斯的关系，为他在伍基（Wookey）的一所学校安排了一份学生助教（pupil teacher，为低年级学生上课的高年级学生）的工作，半工半读。

然而，同年 12 月，威廉姆斯因教学资质问题被学校解雇，威尔斯也只得离开。

在米德赫斯特（Midhurst）附近做过短期药剂师学徒、在米德赫斯特文法学校（Midhurst Grammar School）当了一小段时间的寄宿生之后，威尔斯与一家布商签订了学徒工协议。

◎　1880—1883 年　14—17 岁

在海德氏南海布料商店（Hyde's Southsea Drapery Emporium）

做学徒，每天工作 13 个小时，和其他学徒住在一间宿舍里。这段难以忍受的经历日后启发他写下了《命运之轮》（*The Wheels of Chance*）、《波利先生的故事》（*The History of Mr. Polly*）和《基普斯：一个简单灵魂的故事》（*Kipps: The Story of a Simple Soul*），这几部小说描绘了一个布店学徒的生活，并对社会财富的分配提出了批评。

◎ 1883 年　17 岁

说服父母不再送他去做学徒，再一次得到进入米德赫斯特文法学校的机会，成为学生助教。

在拉丁语和科学方面很在行，给校方留下了深刻的印象。

◎ 1884 年　18 岁

获得助学金，进入位于南肯辛顿的科学师范学院（Normal School of Science，即皇家科学院的前身，如今隶属于英国帝国理工学院），学习物理学、化学、地质学、天文学和生物学等课程。其中，生物学课程由著名的进化论科学家托马斯·亨利·赫胥黎（Thomas Henry Huxley）任教。

◎ 1884—1887 年　18—21 岁

每周能够拿到 21 先令（1 基尼）的补助金，得以完成学业。

这一时期，威尔斯对社会改革开始产生兴趣，加入了辩论社团，与他人一起创办《科学学院杂志》（*The Science School Journal*），积极表达对文学和社会的观点，同时开始尝试写小说。

◎ 1887年 21岁

威尔斯没能在科学师范学院拿到学位（一说是因为在学年测验中地质学成绩不及格），便离开了学校，在之后的几年中以教书为生。

◎ 1888年 22岁

在《科学学院杂志》上发表短篇小说《顽固的阿尔戈英雄》（*The Chronic Argonauts*），被视为其代表作《时间机器》（*The Time Machine*）的前身。

◎ 1890年 24岁

通过伦敦大学外部课程（University of London External Programme），完成动物学的修读，这时才获得理学学士学位。

◎ 1891年 25岁

离开科学师范学院后，威尔斯就没有了收入来源。他的婶婶玛丽邀请他到她家住一段时间，这解决了他的住宿问题。

其间，他对自己的堂妹、玛丽的女儿伊莎贝尔·玛丽·史密斯（Isabel Mary Smith）越发感兴趣，随后向她求爱。他俩于1891年结婚。

同年，开始在伦敦大学函授学院教授生物学，一直到1893年。在教书之余，为了挣钱，他也为杂志撰写短篇谐趣文章等。

◎ 1893年　27岁

患上了肺出血，休养期间，开始写作短篇小说、散文、评论，以及科普作品。

第一部著作《生物学读本》（*Textbook of Biology*）以及与R. A. 格雷戈里（R. A. Gregory）合著的《向自然地理学致敬》（*Honours Physiography*）出版。

◎ 1894年　28岁

爱上了自己的学生艾米·凯瑟琳·罗宾斯（Amy Catherine Robbins），与第一任妻子伊莎贝尔分居。

◎ 1895年　29岁

5月，与艾米·凯瑟琳·罗宾斯（威尔斯叫她简）搬到萨里郡的沃金（Woking），他们在市中心的梅伯里路租了一栋房子，在那里住了18个月，并于10月登记结婚。这18个月也许是他整个写作生涯中最具创造力和最多产的时期。

第一部长篇小说《时间机器》（*The Time Machine*）出版，颇受赞誉。同年出版的作品还有《与一位叔叔的对话》（*Select Conversations with an Uncle*）、《奇妙之旅》（*The Wonderful Visit*）、《杆状菌遭窃及其他事件》（*The Stolen Bacillus and Other Incidents*）。

◎ 1896 年　30 岁

《红屋》(*The Red Room*)、《莫罗博士岛》(*The Island of Doctor Moreau*)、《命运之轮》(*The Wheels of Chance*) 出版。

◎ 1897 年　31 岁

《普拉特纳的故事和其他》(*The Plattner Storyand Others*)、《隐身人》(*The Invisible Man*)、《某些个人事务》(*Certain Personal Matters*)、《三十个奇怪的故事》(*Thirty Strange Stories*) 出版。

◎ 1898 年　32 岁

《星际战争》(*The War of the Worlds*) 出版。

◎ 1899 年　33 岁

《当睡者醒来时》(*When the Sleeper Wakes*)、《时空故事》(*Tales of Space and Time*)、《爱的对策》(*A Cure for Love*)、《荒国》(*The Vacant Country*) 出版。

《当睡者醒来时》开创了科幻小说的一条重要血脉：反乌托邦小说。

◎ 1900 年　34 岁

《爱情与刘易舍姆先生》(*Love and Mr. Lewisham*) 出版。

◎ 1901 年　35 岁

《预测》（*Anticipations*）、《最早登上月球的人》（*The First Men in the Moon*）、《机械和科学发展对人类生活和思想可能产生的作用》（*Anticipations of the Reaction of Mechanical and Scientific Progress upon Human Life and Thought*）出版。后者是他的第一本非虚构类畅销书。

与第二任妻子简的大儿子乔治·菲利普·威尔斯（George Philip Wells）出生。

◎ 1902 年　36 岁

《发现未来》（*The Discovery of the Feature*）、《海上女王》（*The Sea Lady*）发表。

◎ 1903 年　37 岁

经英国大文豪萧伯纳介绍，加入英国社会主义团体费边社。

与第二任妻子简的小儿子弗兰克·理查德·威尔斯（Frank Richard Wells）出生。

《十二个故事与一个梦》（*Twelve Stories and a Dream*）、《陆战铁甲》（*The Land Ironclads*）、《形成中的人》（*Mankind in the Making*）出版。

◎ 1904 年　38 岁

短篇小说《盲人国》（*The Country of the Blind*）发表，《神

食》（*The Food of the Gods and How It Came to Earth*）出版。

◎　1905 年　39 岁

《现代乌托邦》（*A Modern Utopia*）、《基普斯：一个简单灵魂的故事》（*Kipps: The Story of a Simple Soul*）出版。《现代乌托邦》是威尔斯的第一本乌托邦小说。

◎　1906 年　40 岁

《彗星来临》（*In the Days of the Comet*）、《美国的未来》（*The Future in America*）出版。

◎　1908 年　42 岁

《新世界》（*New Worlds for Old*）、《大空战》（*The War in the Air*）、《一劳永逸的事务》（*First and Last Things*）出版。
因与费边社领导成员萧伯纳产生分歧，威尔斯退出了费边社。他的长篇小说《安·维罗妮卡》（*Ann Veronica*）和《新马基亚维利》（*The New Machiavelli*）反映的就是他在费边社时期的生活经验。

◎　1909 年　43 岁

作为皇家科学院的校友，帮助建立皇家科学院协会，成为该协会的第一任主席。

女作家安珀·里夫斯（Amber Reeves）为威尔斯生下一女：安纳·简（Anna Jane）。威尔斯与安珀的父母是通过费边社结识的。当年7月，在威尔斯的安排下，安珀与大律师 G. R. 布兰科·怀特结婚。安纳·简到18岁才得知自己的生父是威尔斯。在比阿特丽丝·韦伯（Beatrice Webb）对威尔斯的"肮脏阴谋"表示不满后，威尔斯在小说《新马基亚维利》中以比阿特丽丝·韦伯和她的丈夫西德尼·韦伯（Sydney Webb，两人均为费边社核心人物）为原型塑造了一对目光短浅的资产阶级操纵者"阿尔蒂奥拉和奥斯卡·贝利"。

《托诺－邦盖》（*Tono-Bungay*）、《安·维罗妮卡》（*Ann Veronica*）出版。

威尔斯创作过一系列以《托诺－邦盖》为代表的反映英国中下层社会的写实小说，但是知名度不如他所写的科幻小说。

◎　1910年　44岁

《波利先生的故事》（*The History of Mr Polly*）出版。

◎　1911年　45岁

《新马基亚维利》（*The new Machiavelli*）、《盲人国及其他故事》（*The Country of the Blind and Other Stories*）、《墙上的门》（*The Door in the Wall*）、《地面游戏》（*Floor Games*）出版。

◎　1912年　46岁

《婚姻》（*Marriage*）、《伟大的国家》（*The Great State:Essa-*

ys in Construction)、《劳工骚动》（ The Labour Unrest ）出版。

◎　1913 年　47 岁

《战争与共识》（ War and Common Sense ）、《自由主义及其政党》（ Liberalism and Its Party ）、《小型战争》（ Little Wars ）、《感情热烈的朋友》（ The Passionate Friends ）出版。

《小型战争》制定了微型战争游戏中的基础规则，推动了这类游戏的发展，所以威尔斯也被游戏玩家认为是"微型战争游戏之父"。但威尔斯其实是一个和平主义者。

◎　1914 年　48 岁

威尔斯第一次访问沙俄。

《一个英国人看世界》（ An Englishman Looks at the World ）、《获得自由的世界》（ The World Set Free ）、《哈曼先生的妻子》（ The Wife of Sir Isaac Harman ）、《结束战争的战争》（ The War That Will End War ）出版。

比威尔斯年轻 26 岁的小说家和女权主义者丽贝卡·韦斯特（ Rebecca West ）为他生下一子安东尼·韦斯特（ Anthony West ）。

◎　1915 年　49 岁

《世界的和平》（ The Peace of the World ）、《恩典》（ Boon ）、《比尔比》（ Bealby ）、《辉煌的研究》（ The Research Magnificent ）出版。

◎ 1916 年　50 岁

《世界将要发生什么？》（*What is Coming?*）、《布特林先生看穿了它》（*Mr. Britling Sees It Through*）、《重建的要素》（*The Elements of Reconstruction*）出版。

◎ 1917 年　51 岁

《战争与未来》（*War and the Future*）、《上帝是看不见的王》（*God the Invisible King*）、《一个有理智的人的和平》（*A Reasonable Man's Peace*）、《一个主教的心灵》（*The Soul of a Bishop*）出版。

◎ 1918 年　52 岁

《约翰与彼得》（*Joan and Peter*）、《第四年》（*In the Fourth Year*）出版。

◎ 1919 年　53 岁

《历史是唯一的》（*History is One*）、《国联的思想》（*The Idea of a League of Nations*，与他人合著）和《通往国联之路》（*The Way to a League of Nations*，与他人合著）出版。

◎ 1920 年　54 岁

威尔斯第二次访问苏俄，在老友、著名作家高尔基的介绍下，受到了列宁的接见；撰写了《阴影下的俄国》（*Russia in*

the Shadows)。

同年，与高尔基的情人莫拉·巴德伯格（Moura Budberg）发生了关系。莫拉和比他年长 27 岁的威尔斯成了情人。

第一次世界大战期间，完成了历史著作《世界史纲》（The Outline of History），展现了他作为历史学家的一面。《世界史纲》开创了历史普及读物写作的新纪元，深受大众欢迎。

◎ 1921 年　55 岁

《救助文明》（The Salvaging of Civilization）、《新历史教学》（The New Teaching of History）出版。

威尔斯被提名诺贝尔文学奖。

◎ 1922 年　56 岁

《华盛顿与和平的希望》（Washington and the Hope of Peace）、《心脏的密所》（The Secret Places of the Heart）、《世界，其债务与富人》（The World, Its Debts and the Rich Men）、《世界简史》（A Short History of the World）出版。

◎ 1923 年　57 岁

《神一般的人》（Men Like Gods）、《社会主义与科学动机》（Socialism and the Scientific Motive）出版。

◎ 1924 年　58 岁

《一个伟大校长的故事》（*The Story of a Great School Master*）、《梦想》（*The Dream*）、《预言之年》（*A Year of Prophesying*）出版。

◎ 1925 年　59 岁

《克里斯蒂娜·阿尔贝塔的父亲》（*Christina Alberta's Father*）、《世界事务预测》（*A Forecast of the World's Affairs*）出版。

◎ 1926 年　60 岁

《威廉·克里索尔德的世界》（*The World of William Clissold*）、《贝洛克先生对〈世界史纲〉的反对意见》（*Mr. Belloc Objects to "The Outline of History"*）出版。

◎ 1927 年　61 岁

威尔斯的第二任妻子简因患癌症去世。

《遇到修正的民主》（*Democracy Under Revision*）出版。

◎ 1928 年　62 岁

《世界的走向》（*The Way the World is Going*）、《公开的密谋》（*The Open Conspiracy*）、《布莱茨先生在兰波岛》（*Mr. Blettsworthy on Rampole Island*）出版。

◎ 1929 年　63 岁

《曾是国王的国王》(*The King Who Was A King*)、《世界和平的共识》(*Common Sense of World Peace*)、《托米的冒险》(*The Adventures of Tommy*)、《帝国主义与公开的密谋》(*Imperialism and The Open Conspiracy*)出版。

◎ 1930 年　64 岁

《帕尔厄姆先生的独裁》(*The Autocracy of Mr. Parham*)、《生命的科学》(*The Science of Life*，与朱利安·S. 赫胥黎和 G. P. 威尔斯合著)、《通向世界和平之路》(*The Way to World Peace*)、《令人烦恼的代表作问题》(*The Problem of the Troublesome Collaborator*)出版。

◎ 1931 年　65 岁

《劳动、财富与人类的幸福》(*The Work, Wealth and Happiness of Mankind*)出版。

◎ 1932 年　66 岁

《民主制之后》(*After Democracy*)、《布勒普的布勒普顿》(*The Bulpington of Blup*)、《现在应该做什么？》(*What Should be Done Now?*)出版。
威尔斯被第二次提名诺贝尔文学奖。

◎ 1933 年　67 岁

《未来世界》（*The Shape of Things to Come*）出版。

5 月 10 日，威尔斯的著作被柏林的纳粹青年焚烧，并被禁止进入图书馆和书店。

同年，莫拉·巴德伯格离开高尔基移居伦敦，她和威尔斯的情人关系又恢复了。威尔斯一再向她求婚，但莫拉坚决拒绝。威尔斯病危时，莫拉在侧照顾。

◎ 1934 年　68 岁

在德国笔会拒绝接纳非雅利安作家入会后，身为国际笔会主席的威尔斯将德国笔会驱逐出国际笔会，激怒了纳粹。

威尔斯在拜访美国总统富兰克林·罗斯福之后，第三次访问苏联，代表《新政治家》杂志（*The New Statesman*）对斯大林进行了 3 个小时的专访。他告诉斯大林，这次他看到了"健康的人们的快乐的面孔"，与他 1920 年访问莫斯科时形成鲜明对比。但他也对基于阶级的歧视、国家暴力和缺乏言论自由作出了批评。斯大林很喜欢这次采访，并作了相应的回答。作为总部位于伦敦的国际笔会主席，威尔斯希望自己的苏联之行能够赢得斯大林的支持——该笔会保护作家"写作不受威胁"的权利。

《斯大林与威尔斯对话》（*Stalin-Wells Talk*）、威尔斯自传《自传实验》（*Experiment in Autobiography*）出版。

威尔斯患有糖尿病，同年成为糖尿病协会（现为英国糖尿病协会，英国最好的糖尿病慈善机构）的联合创始人。

◎ 1935 年　69 岁

《新美国》（*The New America*）出版。

威尔斯被第三次提名诺贝尔文学奖。

◎ 1936 年　70 岁

威尔斯被推举为英国科学促进会教育科学分会主席。

《挫折之解剖》（*The Anatomy of Frustration*）、《槌球运动员》（*The Croquet Player*）、《能够创造奇迹的人》（*Man Who Could Work Miracles*）出版。

◎ 1937 年　71 岁

《新人来自火星》（*Star Begotten*）、《布林希尔德》（*Brynhild*）、《探访康津》（*The Camford Visitation*）出版。

◎ 1938 年　72 岁

《兄弟》（*The Brothers*）、《世界大脑》（*World Brain*）、《关于多洛雷斯》（*Apropos of Dolores*）出版。

10 月 30 日，哥伦比亚广播公司以实时新闻报道的形式在《空中水银剧场》（*The Mercury Theatreon the Air*）节目中播出根据《星际战争》改编的广播剧。部分听众信以为真，将广播剧误认为"火星人入侵地球"的新闻，产生恐慌。该事件成为传播学的经典案例。

◎ 1939 年　73 岁

《神赐的恐惧》（*The Holy Terror*）、《一位共和激进分子寻找热水的旅行》（*Travels of a Republican Radical in Search of Hot Water*）、《人类的命运》（*The Fate of Homo Sapiens*）、《新世界的顺序》（*The New World Order*）出版。

◎ 1940 年　74 岁

《人类的权利，或者我们为何而战？》（*The Rights of Man, Or What Are We Fighting For?*）、《黑暗森林中的孩子》（*Babes in the Darkling Wood*）、《战争与和平的共识》（*The Common Sense of War and Peace*）、《为了阿拉法特，所有人上船》（*All Aboard for Ararat*）出版。

◎ 1941 年　75 岁

《新世界指南》（*Guide to the New World*）、《你不可能太过小心》（*You Can't Be Too Careful*）出版。

◎ 1942 年　76 岁

《人类的远景》（*The Outlook for Homo Sapiens*）、《科学与世界思想》（*Science and the World-Mind*）、《菲尼克斯》（*Phoenix*）、《没有经验的幽灵》（*A Thesis on the Quality of Illusion*）、《时间的征服》（*The Conquest of Time*）、《人的新权利》（*The New Rights of Man*）出版。

◎ 1943 年　77 岁

《克鲁克斯·安萨塔》（*Crux Ansata*）、《莫斯利暴行》（*The Mosley Outrage*）出版。

◎ 1944 年　78 岁

接近"二战"结束时，盟军发现，党卫军在"海狮行动"中编制了入侵英国后立即逮捕的人员名单，威尔斯在列。

《1942 到 1944 年》（*'42 to '44*）出版。

◎ 1945 年　79 岁

《走投无路的心灵》（*Mind at the End of Its Tether*）、《幸福的转折》（*The Happy Turning*）出版。

◎ 1946 年　80 岁

8 月 13 日，威尔斯在英国伦敦病逝。他在 1941 年版的《大空战》序言中写道，他的墓志铭应该是："我早就告诉过你们了，你们这些该死的蠢货。"

该年，威尔斯被第四次提名诺贝尔文学奖。

译者 ｜ 陈胤全

1992 年生于浙江建德

毕业于复旦大学翻译系、香港中文大学翻译系

翻译小说《小城畸人》《星际战争》《莫罗博士岛》

策　　划 ｜ 作家榜
出　　品 ｜

出 品 人 ｜ 吴怀尧
总 编 辑 ｜ 周公度
产品经理 ｜ 廖　珂
版式设计 ｜ 李孝红　董亚茹
封面设计 ｜ 古诗铭
内文插图 ｜ ［泰］J illustrator
产品监制 ｜ 陈　俊
特约印制 ｜ 吴怀舜

作家榜抖音号
每周直播荐好书

作家榜官方微博
每周免费送好书

图书在版编目（CIP）数据

莫罗博士岛 /（英）赫伯特·乔治·威尔斯著；陈
胤全译. -- 北京：中信出版社，2021.10
（作家榜经典名著）
ISBN 978-7-5217-3524-6

Ⅰ.①莫… Ⅱ.①赫…②陈… Ⅲ.①幻想小说—英
国—现代 Ⅳ.①I561.45

中国版本图书馆 CIP 数据核字（2021）第 175342 号

莫罗博士岛

著　　者：［英］赫伯特·乔治·威尔斯
译　　者：陈胤全
出版发行：中信出版集团股份有限公司
　　　　　（北京市朝阳区惠新东街甲 4 号富盛大厦 2 座　邮编　100029）
承 印 者：上海盛通时代印刷有限公司

开　　本：889mm×1194mm　1/32　　　印　　张：7.25　　　字　　数：138 千字
版　　次：2021 年 10 月第 1 版　　　　印　　次：2021 年 10 月第 1 次印刷
书　　号：ISBN 978-7-5217-3524-6
定　　价：39.90 元